KB158018

꿈꾸는 강변

꿈꾸는 강변

임미옥 지음

봄봄
스토리

서 문

　충북일보에 수년간 글을 쓰고 있다. 문화면 '임미옥의 산소편지' 코너에 수필형식으로 나간다. 세상이 그럼에도 불구하고…. 어딘가에 있을 산소 마을을 꿈꾸며 쓴다. 그런데 가끔씩, 나는 누구에게 편지를 쓰는 걸까 하고 자문할 때가 있다. 실상은 내가 생각하는 수신인 그대가, 나의 그대가 아닐지도 모른다. 내가 설정해 놓은 허상 같은 그대들 일지도 모른다. 그런 생각을 하는 일은 쓸쓸한 일이다.

　그런 날은, 낙타의 등처럼 내 꿈이 서럽다. 내 마음의 우리에 양 떼가 달아나버린 것처럼 울적하다. 사랑을 약속한 사람이 돌아서 버린 것처럼 황량해지면서 자신이 한없이 너덜거리게 느껴진다. 돌아보면 얼마나 야성적인 글들이었던가. 도공이 주걱을 잡은 듯 겁도 없이 써댔던 시간들만 선명할 뿐, 부끄러워 숨고 싶다. 허공에 내민 손을 해쓱한 빈손으로 거두는 일처럼 허우룩해져서 결국은 펜을 놓고 만다.

그런 날은 그곳에 간다. 그곳에는 변하지 않는 것들이 있다. 그곳에서 오래 두어도 낡아지지 않는 꿈꾸는 강을 만난다. 그 강변에 앉아서 그리움의 끝에 있는 사람들을 만난다. 남들은 기뻤다는 어린 날, 홀로 아파하며 표랑하던 과거와 조우하며 지금의 나와 대응해 본다. 그리고 깊은 바닥도 낮은 둔덕도 덮고 흐르는 강의 덕성을 배운다. 그렇게 과거의 상처들과 단절하며 그 쓸쓸함의 황야에서 빠져나온다.

다홍빛 저 하늘 너머에는 어떤 세상이 있을까. 그곳은, 언젠가는 도래할 그날, 내 가쁜 마지막 숨을 몰아쉬며 가야할 곳이다. 그곳을 바라보며 내 사모하는 주님을 만나 뵙는 또 하나의 꿈을 꾼다. 산다는 건 결국 꿈을 꾸는 일이다. 하나님이 인간에게 주신 선물 중 가장 좋은 것이 있다면 꿈을 꿀 수 있다는 것일 게다.

강물이 저 혼자라면 어찌 빛을 내겠는가. 햇빛에 반영되어 더욱 아름다운 것을…. 글 쓰는 일도 마찬가지, 저 혼자 뱉어내고 버리면 무슨 의미가 있으랴. 신문을 읽고 격려해 주는 단 한사람, 그대로 인하여 마음은 팽창한 현이 되어 다시 펜을 잡는다. 그 한사람 때문에, 지면에 나갔던 글들을 정리하여 책을 엮는다. 강물처럼 쉬지 않고 그렇게 흘러가다보면 물고기가 노니는 깊은 물이 될 수 있는 시절도 오겠지….

2020 경자년 봄날

임 미 옥

그리고…
다시 부르는 나의 노래

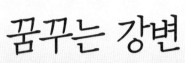

꿈꾸는 강변

그가 혀로 내 언 몸을 구석구석 핥아주면
내 모든 세포와 촉이 일어서 노래를 한다오.
나는 순히 스러져 내 전부를 내어준다오

남자의 강

한 아기가 사과를 먹는다. 아니, 두 아기가 먹는다. 한 아기는 스냅사진 속에서, 한 아기는 동영상 속에서. 7개월 된 손자가 사과를 먹는 동영상을 보다가, 전설 같은 그날 과수원을 하셨던 시부모님이 보내주신 사과를 7개월 된 아들에게 주었던 생각이 났다. 빛바랜 사진 한 장을 꺼냈다. 시공을 초월하여 과거와 현재를 오가는 아가신神들이 임하기라도 한 겐가. 35년 전에 사과 먹는 아들 사진과, 그 아들이 아버지가 되어 사과를 먹는 제 아들을 촬영하여 보낸 아기를 분간할 수가 없다.

35년 전 봄날, 아들을 낳아 남편에게 안겨주었더니, "나 세상을 다 얻은 것 같아." 하고 말했다. "옛날 희랍의 여신은 별을 낳았다~지…." 젖을 먹일 때마다 나는 아기를 쓰다듬으며 노래했다. 남편도 자신과 똑 같이 생긴 아들을 안고 흥얼거렸다. 어떤 날은 기저귀 똥냄새가 구수하다는 말도 했다. 아들에게 빠진 남편, 그 사랑을 먹고 자라는 아들, 자분자분한 아버지 사랑이 목말랐던 나는 두 남자를 보는 것만으로도 환희였다. 남편은 4월생인 아들을 호적에 음력으로 올렸다. 그 결과 아들은 물레 손잡이를 돌려 투명한 유리박스에 은행 알을 떨어뜨렸고, 8대1이란 경쟁률을 뚫고 소수 어린이들만 다니는 초등학교로 1년 일찍 배정받았다. 그날 남편은 히말라야 정상을 정복이라도 한 것처럼 만세를 불렀고, 어린 아들도 덩달아 만세를 외쳤다.

그런데 언제부터인가 두 남자 간에 전쟁이 시작됐다. 본디 남자의 계보란 것이 전쟁의 계보였지. 밤이 생겨나고 밤에서 다시 낮이 생겨나 혼돈과 공허가 흐르고, 세상에는 신들만 존재하던 카오스 시대부터 부자간 전쟁이 있었으니까. 말이 전쟁이지, 아들이 번번이 항복하여 휴전했다. 절대자의 승리가 뻔한, 해보나마나한 전쟁인지라 아들이 늘 깃발을 내리곤 했다. 강자의 잔소리가 무슨 전쟁일까마는, 무기를 사용하지 않아도 상흔이 남으면 전쟁이다. 한바탕 치루고 나면 우리 가족 모두는 냉과리 가슴앓이를 하곤 했으니까.

모든 이들에게 사람 좋은 그가 유독 아들에게만은 절대 권력을 행사했다. 한번 패권을 차지하면 누구의 도전도 허용하지 않는 희랍신화 이야기 속의 비정한 아비들처럼 아들에게 남편은 넘을 수 없는 강이었다. 두 남자 간에 갈등 원인은 무엇일까. 중간에 있는 나에게 문제가 있는 걸까. 나는 아무 나쁜 짓도 한 것이 없다. 열지 말아야할 판도라 상자를 연 것도 아니고, 두 사람 간에 이간질 같은 건 더욱 안했다. 다만, 네 아빠는 시오리 길을 걸어 초등학교에 다녔고, 6학년 때 교육감 상을 탔으며, 열네 살 때 쌀 한 말 짊어지고 도시로 나가 자취하며 중고등학교를 다녔고, 장학금으로 대학을 나왔다는 둥, 집안에 회자되는 그의 계보를 말해준 건 있다.

아들은 궁금한 게 많았다. 독서를 즐기며 기타연주 등, 재능 꾼이다. 문제는 문제지를 풀지 않고 시험을 치는 것이 문제였다. 그는, 아들이 1등을 못해서가 아니고, 문제지가 깨끗한 불성실 문제라며 포성의 정당성을 말했다. 아들이 중학교 3학년 때였다. 그날은 무기를 사용했다. 성적이 7등으로 밀려났다는 이유로 엉덩이에 타작을 했다. 그날 치욕과 무너지는 자존감으로 흘리는 아들 눈물을 보았다. 웃는다고 외롭지 않은 것은 아니듯, 눈물을 흘리지 않는다고 슬프지 않은 것은 아니다. 아들은 어느새 잠이 들었는데, 그는 밤새 뒤척였다.

때로는 말을 하시 않는 것이 더 확고한 의사표현일 때도 있다. '하고 싶은 말이 많지만 절대자의 말씀이니 함묵하겠습니다.' 하고 아들은 공격받을 때마다 무언으로 항변했다. 무릎을 꿇고 제 아비 설교를 듣고는 있지만 불끈 움켜쥔 제 주먹을 향해 내리깐 눈은 '때가 되면 크게 한방 먹여드리지요.' 하고 말하는 것 같았다. 여자들은 제 자식을 안다. 양처럼 엎드려 있으나 후일을 도모하는 눈빛을 알고, 언젠가는 아비를 굴복시키고 말, 결코 만만히 볼 놈이 아니란 걸 안다.

드디어 그날이 왔다. "아버지 기대에 휘둘리는 삶 이제 그만하겠습니다." 가히 핵폭탄이다. 세 번째 고시에 낙방하고 내려온 아들이 선 공격을 한 거다. 정녕 가고자 하는 길이 아니었으나 아버지를 감히 거역할 수 없어 미친 짓을 했다는 거다. 노량진은 신기루 동네 이더라고, 자신 정도의 실력자가 전국에 수십만 명이 있더라고 했다. '신도 포기할 것 같은 광야에서 한 우물 속을 종일 오르내리는 두레박처럼, 고독을 감내한 시간이 얼마인데, 어려서부터 올백점 같은 건 하지나 말 것이지, 뭣에 홀린 것처럼 합격 턱 선까지 가지나 말 것이지, 고지가 바로 손끝인데 포기라니!' 남편이 할 말을 나는 속으로 꿰고 있다.

그런데 그는 눈을 감은 채 그는 아무런 말이 없다. 이거야말로 비장할 때 나오는 태도다. 가슴이 후들거린다. 주변에 무기될만한 것은 없는지 살핀다. 제 자식 죽이기야 할까마는, 혈압이 급상승하며 심장이 조여 온다. 그리고 잠시 뒤 남편이 말문을 열었다. "그간 고생했다. 우리 접자." 예상을 뒤엎은 패배선언이다. 이거야 원 패자의 절규치곤 너무 간단하잖은가. 크로노스 시대는 끝났다. 금시 자라 힘을 갖춘 제우스가 제 아비 크로노스를 굴복시키는 그리스신화 한 장면이 떠올랐다. 아들이 최선을 다했는지 그딴 건 중요하지 않다. 아비에 대한 두려움을 제압하고, 공격할 수 있는 용기와 이성과 의도를 휘두르며 세상으로 나가는 가슴을 키운 아들을 보았다는 거다.

신화이야기에서 크로노스는 아내가 자식을 낳는 족족 잡아먹었다. 아내 레아는 그런 남편을 끝까지 참아주지만은 않았다. 하여 막내 제우스가 태어났을 때는 돌멩이를 강보에 싸서 아기인 양 넘겨주고 아기를 빼돌려 동굴에 숨겨 키웠다. 레아의 계략으로 크로노스는 목숨처럼 사랑하는 아들에게 참패한 것이다.

자식을 낳는 대로 집어삼켰던 크로노스, 그는 정녕 비정한 아버지였을까? 당시는 하늘과 땅만으로 구성된지라 선택은 두 가지 뿐이었다. 그는 아버지 우라노스가 그랬던 것처럼 적들로부터 자식을 보호하려면 여인을 상징하는 땅 속이든, 하늘인 자신의 뱃속이든 감추어야만 했다. 하여 툭하면 배신을 일삼는 여인이 아닌, 자기 뱃속을 택했던 것이다.

그들과 경우는 다르지만, 남편의 사랑 법은 이렇게 패하고 말았다. 긴 포성이 멈추었다. 인간과 신들이 서로 얽혀 하나의 세계를 이룬 것처럼 요즘은 부자가 하나 되어 뒹군다. 오늘 이 평화의 주자는 누굴까. 힘을 길러 제 아비를 꺾은 아들일까. 내려놓음을 터득한 남편일까. 무엇이 있다. 형체는 보이지 않지만, 물 가운데를 지날지라도, 불 가운데로 지날지라도, 둘을 갈라놓거나 끊을 수 없는 그 무엇, 두 남자 사이에는 사랑이니 친륜이니 하는 통상의 말로는 부족한 남자들만의 강이 흐른다.

이끼의 노래

　금발에 파란 눈의 사람들이 사는 곳, 유럽 북부 스칸디나비아반도에 위치해 있는 노르웨이, 스웨덴, 덴마크, 핀란드, 이 나라들을 묶어 노르딕 국가라고도 부른다. 북유럽 나라들은 어디를 가든지 자연이 꿈처럼 펼쳐진다. 우유와 치즈의 나라 노르웨이 도로를 달리다 보면 꿈길을 달리는 것 같은 착각을 하게 된다. 숲의 나라 노르웨이는 가도 가도 나무와 호수가 끝없이 이어진다. 바람까지도 그려질 것처럼 하늘은 맑고, 침엽수림이 신비롭게 펼쳐지고, 파랑파랑 잔디 위엔 양들이 꼬물거린다.

　오늘은 노르웨이 달스니바 전망대에 오르는 날이다. 1500고지 전망대를 향하여 빙하의 침식으로 형성된 '게이랑에르 피오르드' 계곡을 따라 끝없이 올라올라 갔다. 중간 중간 가노라면 '힐때' 라는 전통가옥 들을 자주 보게 된다. 힐때의 벽면은 편편히 켠 목조에 역청을 발랐고 색상은 검은색이다. 보온을 목적으로 지붕에 흙을 올려 잔디를 심은 것이 퍽이나 인상적이다. 겨울로 접어드는 시절인지라 힐때 지붕들 뾰족뾰족한 잔디들마다 노랑 물이 들었다. 여름엔 당연히 초록잔디였을 고느넉한 힐때 풍경들이 지나는 길손들로 하여금 하루쯤 쉬어가고픈 마음이 일게 한다.

빙하가 흘러내리는 저 산 너머엔 어떤 풍경이 있을까. 산허리를 감아 도는 U자형 산악도로를 타고 전망대까지 고불고불 오르는 과정이 노르웨이 여행의 백미다. 빙하가 녹아 형성된 거대한 에메랄드빛 호수와 폭포, 계곡, 절벽 등이 이루는 절경들에 감탄사가 끊이지 않는다. 드디어 1500고지 달스니바 전망대에 올랐다.

그런데 어쩌면 좋던 말인가. 사방이 온통 뽀얀 구름으로 덮였다. 무엇을 보려고 이역만리 날아와 예까지 올라왔던가. 그때다. 안타까운 내 마음을 알아차리기라도 한 듯 바람이 사락사락 구름을 쓸며 시야를 연다. 구름이 걷히자 감탄이 합창처럼 일제히 터지고…. 대자연의 풍광을 담느라 카메라 셔터 엇박자 소리가 여기저기서 바쁘게 들린다.

그런데 짙은 구름 속에서 점점이 모습을 드러내는 저것들은 도무지 무언가! 바위 꽃이다. 바위에 누리끼리한 꽃이 피었다. 바위에 붙어사는 연녹색 이끼 무리들이 시선을 사로잡는다. 경이로운 생명의 신비! 그 누가 척박한 바위 위에 꽃을 피워냈을까. 아무것도 살 수 없을 것 같은 고산 바위 위에 이끼들을 자라게 하는 손이여! 칼바람 견디고 피어난 이끼 무리들로 인하여 가슴이 젖는다.

나도 모르게 간절해지며 두 손이 모아진다. 이끼, 무엇을 위하여 이 고산에서 세찬바람 견디고 있었느뇨. 그 무슨 사연으로 긴긴 세월 싸늘한 달빛 머금으며 존재하고 있었느뇨. 이끼, 너희가 아름다움이나 기쁨을 아느냐? 그리 예쁠 것도 고운 색상도 없으니 카메라들마저 너를 비켜가는구나. 아무도 사랑하지 않을 것 같은, 네가 존재하는 까닭은 무엇이며 살아내야 할 이유는 무엇이었느뇨.

순록을 위하여 라오. 세상에 쓸모없이 낸 존재는 없더이다. 그리 예쁠 것도 고운 색상도 없지만 자연은 공평하여 외로운 순록의 먹이로 우리가 쓰임 받고 있다오. 순록이 우리를 사모하므로 예서 그를 기다린다오. 시끄러운 사람들이 가고 달이 떠오르면 허기진 순록이 별빛 화관을 쓰고 달빛을 따라 내려온다오. 우리에게 기쁨을 물었느뇨? 그가 혀로 내 언 몸을 구석구석 핥아주면 내 모든 세포와 촉이 일어서 노래를 한다오. 나는 순히 스러져 내 전부를 내어준다오. 그리하면…. 깊고 부드러운 순록의 혀의 감촉을 느끼며 잠이 든다오.

세상에 의미 없는 존재는 없는 것을, 화려한 것만 중요시하지는 아니했는지 돌아보았다. 존재의 가치는 아름다움이나 크고 작음에 있는 것이 아니거늘, 돋보이는 걸 좋아하는 내가 보였다. 고산 바위 위에 이끼는 자신을 사랑하는 단 하나의 생명체를 위하여 찬이슬 맞고 있거늘, 오직 순록을 위하여 노래하다 황홀하게 스러져 가는 것을, 나는 더 가지고자 더 누리고자 더 돋보이고자 하여 고독해 했다. 그날, 빙하가 옮겨놓은 고산 바위에 서서 꽃보다 고운 이끼의 노래를 들었다.

오늘도 이끼는 순록을 위한 노래를 만들고 있겠지….

꿈길에서 꽃길에서

한 아이가 길을 걸어가고 있다. 그러나가 갈래 길을 만났다. 어찌할까, 아이는 갈 바를 모르고 서성인다. 선택의 기로에 선 것이다. 어디서 와서 어디로 가기에 이토록 마음 불안해하는 걸까. 한발을 들어 이쪽 길에 내딛으며 갈까 하더니 다시 저쪽 길에 내딛어 본다. 그렇게 이길 저 길에 발을 디밀었다 빼기를 반복하더니 더 이상 멈칫거릴 수 없는 상황이라도 됐는지 급기야 한길을 택하여 걸어간다.

얼마쯤 걸어갔을까. 사위四圍에는 캄캄한 어둠이 내려앉았는데, 큰 폭포가 보이면서 갑자기 길이 끊기고 말았다. 지축을 흔드는 굉음에 다리가 굳어버렸다. 길고 희뿌연 짐승 혓바닥 같은 물줄기가 암흑 속에서 미끄럼판을 만들며 직수로 쏟아진다. 어둠 속에 갇힌 악마가 하얀 이빨을 드러내곤 몸부림치다가, 흑백 춤사위에 맞춰 헝클어진 머리카락을 휘날리며 거품파편들을 튀긴다. 이번에는 수레바퀴처럼 둥글게 말리며 내달려와서는 아이를 휘감아가려는 찰나, 눈을 떴다. 꿈이다.

잠이 깼다. 머리가 무겁다. 불을 켜고 물을 들이켰다. 아, 애가 죽었지. 그 애가 죽었는데, 겨우 열여섯 살짜리 아이가 영원히 지구 밖으로 나가버렸는데 생뚱맞게 폭포 꿈은 뭔가. 지난해 여름, 교회에서 중고등부 수련회 다녀오다가 그 애와 영동 옥계폭포에 들렀던 기억 때문일까. 어둠속에서 광란하는 폭포 앞에 실제로 서 있는 것처럼 꿈이 너무도 선명하고, 꿈속에서 길을 잃고 헤매던 두려움이 너무 강렬하여 아직도 가슴이 두근거린다.

시계를 보니 새벽 세 시를 넘겼다. 여명이 오려면 아직 이라 다시 잠을 청하려고 누웠다. 어젯밤에 목사님을 모시고 다녀온 장례식장 풍경이 떠오른다. 너무도 앳된 그 아이 영정 사진을 끌어안고 오열하던 젊디젊은 여인이 스친다. 꼭 한번 만나보고 싶었던 여인이다. 왜 어린 핏덩이를 내팽개치고 집을 나갔는지, 한번은 꼭 물어보고 싶었다. 그런데 내게로 쓰러져 우는 어린 여인 어깨를 가만히 안고 있기만 했을 뿐 아무 말도 할 수 없었다.

그 아이가 나를 처음 찾아온 그날은 주일이었다. 공부는 여벌이고 학교와 사회에서 지탄받는 아이들과 어울려 부탄가스를 마시며 잔 뒤, 충혈 된 눈으로 왔다. "교회에서 밥 준다면서요?" 중2 담임인 내게 내뱉은 첫마디다. 한번은 집으로 가서 아이 할머니를 만났다. 어느 날, 머리를 노랗게 물들인 어린 여자가 핏덩이를 맡겨놓고 갔단다. 그 뒤 아이 옷가지를 사서 가끔 다녀가는 게 다였고 아이 아빠는 교도소에 있다고 했다. 팔순 노모와 삼촌과 셋이 살면서 정신지체자인 삼촌의 매질을 피해 거리로 나온 아이를 위해 내가 할 수 있는 일이 무얼까. 주일날 따뜻한 밥한 끼 챙겨주고,

피자집에서 가끔 만나고, 수련회에 데리고 다니는 정도가 다였다.

"인생길을 가다 보면 오르막길도 있고 내리막길도 있는 거란다, 오르막길 다음에는 반드시 편안한 내리막길이 있는 법이니 힘들어도 꿈을 가지고 인내하며 걸어가야 한다." 그 애가 떠나기 전해, 여름수련회에 다녀오다 들른 영동 옥계폭포 앞에서 나는 이런 말을 했었다. 그리고 예수님은 길이요, 진리요, 생명이니 그분이 가신 길을 잘 따라 가야 한다고, 영혼의 길에 대한 이야기도 했었다. 묵묵히 대답이 없는 아이에게 그래도 꿈을 가져야 한다고 다그치듯 말했더니 고개를 끄덕였었다.

중학교 2학년 아이에게 인생길이나 영혼의 길 이야기가 무슨 흥미가 있었겠나. 길을 이야기하는 자체가 무리라는 걸 모르는 바는 아니었다. 물에 빠져 허우적대는 이에게 막대기라도 던져 건져내지는 않고 어서 힘내어 나오라고 말만하는 것과 같다 해도, 나로선 대안이 없었다.

어디까지 가려고 했던 걸까. 훔친 오토바이를 타고 찬이슬 맞으며 달리다 새벽에 교통사고로 죽은 걸 보면 지구 끝까지라도 달려갈 작정이었나 보다. 무엇이 그 아이로 하여금 미친 듯 달리게 했을까. 장례식장에 다녀오던 날, 꼬리를 무는 그런 생각들을 하다 잠이 들었었다.

그리고 세월이 흘렀다. 죽은 자는 잊혀 진다더니 그 아이 일이 옛일이 되어가고 있던 며칠 전, 영상처럼 강렬한 꿈을 또 한 번 꾸었다. 나는 벚꽃이 만개한 길을 걷고 있었다. 하얀 꽃들이 튀밥처럼 터지며 공중으로 흩어졌다. 그런데 나는 꽃길을 걸으며 흐느꼈다. 옆에서 흔드는 바람에 눈을 뜨니 창밖이 뿌연 했다. 왜 울었을까. 벚꽃 철이라 꽃길이 보였다고 치자, 그런데 왜 울었을까. 꿈길의 우울함을 전환하려고 일어나 커튼을 젖혔다. 벚꽃이 눈처럼 날린다. 아, 그 애…. 잊고 있던 그 애가 떠오른다. 그날 밤에도 그랬지. 아이가 죽었다는데, 무심천 하상도로에는 벚꽃구경을 나온 인파들로 인하여 장례식장으로 가는 내내 봉고차가 가다서기를 반복했었지….

올해도 흐드러진 꽃송이들이 하늘을 빽빽하게 덮어버린 무심천 꽃길을 걸었다. 그 아이 또래 남학생들이 꽃나무 아래서 툭탁 치고 받으며 장난을 친다. 아이야, 인생길을 가다 길을 잘못 들어서는 이가 어찌 너만 있었겠니. 다시 돌아 나오면 되는 것을 너는 오지 못할 길로 가버렸구나. 백두산 골짜기에서 발원한 물줄기가 어느 지점에 와서 이쪽 길이냐 저쪽 길이냐 택함에 따라 동해와 서해로 흘러가도, 언젠가는 한 바다에서 만나지기도 하거늘, 너는 영영 돌아오지 못할 길로 가버렸구나.

어릴 적에 부모에게 버림을 받으면 올바른 자아추구 실패로 좋은 성격구조 자체가 붕괴될 수밖에 없다. 불행의 근원을 제공한건 어른들인데 죽은 건 아이다. 완전한 행복이란 없듯이 완전한 불행도 없고, 완전한 선인도 완전한 악인도 없는 것을, 이런 이치를 알기도 전에 그 아이는 지탄만 받다 갔다. 한차례 지나는 바람에 꽃잎이 비처럼 날린다. 벚꽃의 생명이 짧다지만 맘껏 한번 피어보기라도 했거늘, 그 애는 한번 피어보지도 못하고 영원히 돌아올 수 없는 길로 가버리고 말았다.

달빛 젖은 중앙탑

　시골집에 가려면 충주호 조정지 댐 구간을 지나가야 한다. 그쯤 가면 조정지 댐 호수 변에 있는 중앙탑 쪽으로 고개를 돌리게 된다. 탑은 손을 뻗으면 닿을만한 곳에서 유구한 세월을 두고 웅혼하게 서서 늘 나를 부른다. 하지만 만나고갈 여유는 없는지라 그리움으로 남겨두고 지나다니곤 했다.

　호수 변에 줄지어 서있는 나무들에 벚꽃이 만개했던 지난 봄날, 그 구간을 지나게 됐다. 아름드리 벚나무들로부터 사열을 받으며 페달을 밟는 멋스러움이라니…. 극한 몽환이다. 현란한 벚꽃터널을 지나 고불고불 회똘회똘 돌아 '중앙탑가든 휴게소'에 내려섰다. 아이들이 어릴 때는 주전부리를 시키면서 쉬어가곤 했었는데, 이제는 초로初老에 접어든 우리부부 둘이서 쉬어간다.

　자판기에서 커피를 뽑아들고 나지막한 담장 너머로 흐르는 호수를 바라본다. 강 건너편에 공군부대가 있고 그 옆으로 초록 잔디 골프장이 보인다. 호수를 따라 오른쪽으로 휘돌면 우륵이 놀았다는 탄금대가 있다. 그리고 골프장 남쪽 호수 건너편으로 천년 세월을 넘기며 장구히 서있는 중앙탑이 있다.

그날은 산소를 돌보다 어스름할 때야 시골집을 나섰다. 그 구간을 지나올 때는 밤으로 달리고 있었다. 왼쪽엔 검은 호수가 길게 누워있고, 푸른 달빛은 수면 위로 쏟아지는데, 어쩌자고 바람은 요술까지 부리는가. 살랑살랑 벚꽃 이파리들이 승용차 앞 유리에 앉으며 사람 맘을 보통 심란하게 하질 않는다. 차도 변으로 두툼하게 깔린 하얀 주단은 이효석님 말처럼 소금을 뿌려놓은 것 같았다. "중앙탑이 궁금하네요…." 하고 내가 말하는 순간 그가 운전대를 왼쪽으로 꺾었다. 차가 휘청하더니 탑 쪽으로 미끄러지며 내려섰다.

달빛 젖은 중앙탑을 본 적 있으신가. 거대한 들소처럼, 부드러운 음악처럼 서있다. 달빛을 흠씬 받고 있는 풍경이 고아古雅하기 그지없다. 겸손한 그 자태가 나그네 마음을 머물게 하고, 지니고 있는 역사가 깊으니 사람을 감동하게 한다. 은하수 물결마저 멈춘 듯, 그 적요함이 나를 한없는 서정으로 몰아넣는다. 알 수 없는 둔중한 울림을 받으며, 부드러운 사막으로 이끌려가듯 신비감에 젖어 들었다.

'소리에 놀라지 않는 사자같이 / 그물에 걸리지 않는 바람같이 /
물에 더럽혀지지 않는 연꽃같이…./'

더할 나위 없는 탑의 의연함에 오랜 경전 한 구절이 절로 떠오른다. 바람이 잘 정돈된 잔디를 쓰다듬자 초록 풀들이 일어서 실개울처럼 너울거린다. 그러자 탑이 움직일 기세다. 밤에 찾아온 나그네를 위해 파티라도 열려나 보다. 꿈틀꿈틀 대지가 춤추듯…. 살짝 치켜 올라간 옥개석 귀마루 네 부분이 달빛 연주에 맞추어 휘춤휘춤 춤을 춘다. 울창한 소나무에 둥근달이 걸려있다. 누구를 사모하기에 달은 저리 창백한가. 이럴 때 올리는 기도는 참일 거다. 마음이 닿는 곳이 있다면 맘껏 한번 그리워해 보는 것도 좋겠다. 불현듯 기다림이란 말도 생각난다. 기다림이란 무얼까. 자식의 성공을 기다리며 정화수 떠놓고 비는 어머니 마음 같은 것 일게다. 기다리는 마음 하나쯤 없는 이가 있을까마는 그마저 욕심일까 하여 옷깃을 여민다.

사람들은 언제 이곳에 탑을 세웠을까. 지리적으로 우리나라 국토 한가운데에 위치하여 중앙탑이라 부르는 이 칠층 석탑은 통일신라시대인 785년에 세워졌다고 전해진다. 남한강 근교인 충주는 삼국시대부터 교통의 요지로 중원문화의 중심지요 무역의 전진기지였다. 지역의 무궁한 발전을 염원하는 당시 사람들의 바람을 모아 세운 탑이려니, 과연 국가 보물이지 싶어 고개를 끄덕인다. 국보 제6호인 탑의 이중 기단 위로 7층 탑신塔身을 올려 그 멋이 한층 중후하다. 기단과 하층부는 여러 장의 판석으로 짜였고, 각 층 옥개석이 상부로 갈수록 비율에 따라 점점 작아진다.

탑은 묵묵하다. 화려했던 옛 중원문화의 부활을 꿈꾸기라도 하는 겔까. 장구히 서있는 풍려한 탑을 보며 나도 마음을 모은다. 달빛 아래서 탑과 마주해 보면 알게 되리. 얼마나 기운이 맑아지는지, 얼마나 순수해지고 겸손해지는지…. 달은 더 높아졌다.

"달이여! 높이 좀 돋으시어 더 멀리까지 비추어 주소서!(악학궤범)"

　장사를 나가 오랫동안 돌아오지 않는 남편에게 혹시 해라도 입지 않을까하여 근심을 표현한, 옛 여인의 애절했던 마음이 담긴 고전시가 한 구절을 읊조리며 그곳을 떠났다.

그림 박미영

대상포진 문답問答

너희들은 누구냐. 이름은 무엇이고 근원이 무엇이냐. 도대체 어디로부터 와서 언제부터 내 몸 안에 존재하고 있었던 게냐. 의학적으로 너희를 '수두바이러스' 라고 부르더구나. 사람은 어릴 때 수두를 앓는데, 그때 생성된 바이러스가 누구나 몸속에 남아 있다고 하더구나. 그렇게 척수 내에 잠복해서 신경을 타고 다니다가는, 신경의 뿌리라고 할 수 있는 신경절로 이동하여 똬리 틀고 자리를 잡는다지. 유추하여 볼 때, 내가 의식하지는 못하는 어린 날에 나도 수두를 앓았을 것이고, 그때 내 몸에 생성되어 활동하다 남아 도둑처럼 가만히 살고 있었으렷다.

그러고 보니 나는 내 몸을 몰랐지 뭐냐. 도무지 내 안에서 무슨 일이 벌어지는지 몰랐단다. 젊을 때는 면역체계가 너희를 눌러서 꼼짝 못했지만, 나이가 들면서 면역이 저하되고 과로와 스트레스가 겹치면 활성화 되는 것을…. 사는 게 전쟁인지라 전쟁을 하듯 살았고, 대수술을 두 번씩이나 하면서 건강을 되찾으려고 치열하게 싸운 경험이 있음에도, 지피지기 하지 못하여 무참히 당한 작금의 내가 한심하기 그지없구나.

너무 야속하다 마시오. 오래 고대하던 출정이었다오. 그대 몸에 깊이 잠복하여 살면서 꽃피워볼 날을 호시탐탐한 세월이 반세기를 넘겼소이다. 모르셨나요? 존재한다는 건 언젠가는 터질 수 있다는 것을. 최근 들어 면역이 현저히 떨어졌건만, 그대, 전혀 우리네를 의식하지 않더이다. 충분히 수면을 해야 육체도 정신도 건강할진데, 토끼 눈으로 밤늦게까지 자판을 두드리고는, 새벽기도 한다고 늘 비몽사몽간 일어나곤 했지 않았소이까.

식습관도 이상하구요. 우리를 무력하게 하는 식품들은 싫어하고, 우리가 좋아하는 음식들만 골라 먹더이다. 이번에만 해도 그렇소, 두 달 내내 내달린 과로야 그렇다 쳐도, 훨훨 화火가 춤출 일이 연달아 생길 때는 알아차렸어야죠. 애면 우리만 꾹꾹 누를 게 아니라 대나무 숲이라도 찾아가 체면 불구하고 버럭버럭 소리라도 쳤어야 했소이다. 출정 조건을 모두 갖추어 주었는데 무엇을 두려워할까나. 바이러스들이여! 꽃 한번 피우러 나가자!

듣고 보니 말이 되긴 한다. 그래도 너희들 참 치사하다. 내가 알아차리기라도 할까봐 눈치라도 본 게냐? 수일 간 귀 주변으로 통증만 주고 수포들은 며칠 뒤에 보이고 말이다. 고통이 심하여 남편에게 호소했다가 소파에 귀를 대고 자서 그럴 거라 핀잔만 듣게 하고 말이다. 우리부부야 무식하여 너희 출몰을 몰랐다고 치자. 동네

32

병원 의사까지 감기로 진단하도록 속이다니, 닷새 만에 줄지어 나온 수포들을 보고 전문의에게 갔다가 현장에서 체포되어 감금당하고 말았으니 그 용병술 참으로 대단하다.

너희들 주도면밀도 하더구나. 전조증상부터 나를 따돌리고 말이다. 처음에는 망을 보듯 서너 댓 개 수포를 내보이다는 이때다, 하고 순식간에 줄줄이 나왔지. 그때부터는 전격적으로 존재를 드러내어 맘껏 고통을 주는 작전이렷다. 하긴 사람에 따라 다리, 옆구리, 가슴, 얼굴 등을 택하여 몰려나오는 너희를 단순 피부병으로 오인하기가 쉽기는 하지. 거참, 화산이 폭발하는 듯한, 소리 없는 통증은 상상을 초월하더구나. 대상포진帶狀疱疹이란 글자의 뜻 그대로 발진과 수포를 만들며 피부분절 따라 구름 띠를 두르고 피어오르지. 오늘 내가 너희들을 기꺼이 '악마의 꽃'이라고 부를 것이다.

도시 한가운데 섬으로 모여든 이들을 살펴보니 공통점이 있지 뭐냐. 화를 밖으로 발산하여 타인에게 피해주는 게 싫어 속으로 누르는 사람들이더라. 사는 게 다양하듯 들어온 동기가 다양도 했단다. 팔순의 한 할머니는 다단계에 쌈짓돈을 털린 것만도 돌 지경인데, 그 일로 자식 놈이 퍼붓는 핀잔에 찍소리 못하고 화를 끓이다 왔다더구나. 박 여인은 직장에서 잘린 것이 억울하여 극한 화를 속으로만 꾹꾹 누르다 왔다고 했고, 손 여사는 극심한 과로와 스트레스를 꾹꾹 참다 걸렸다고 했지. 올드미스 정양은 글쎄 뭔 객기로 인생 극기 훈련을 한답시고 2교대 근무를 하며 몸을 혹사하다 왔다지 뭐냐. 수포들은 일망타진 됐고 딱지들도 떨어졌건만, 이번에

발화한 바이러스들은 빙산의 일각이요, 내 몸 안에 너희 무리가 아직 남아 있다니 섬뜩하구나.

생각을 돌려보면 우리가 결코 나쁜 바이러스가 아니란 것을 알 수 있을 거외다.

단백질 많이 먹어주라, 운동해라, 과로하지 말고 쉬어라, 이런 잔소리를 늘어놓겠다 이 말이지? 여차하면 신문고 쳐대며 다시 출정하겠다고 겁박이라도 하는 게냐? 무섭다 야, 비싼 공부했는데 그리 어리석을까. 일단 6개월 뒤에 예방백신부터 맞을 거다. 수용소 유태인 옷 같은 환자복을 입고 살아본 14일 간 유배생활이 다 나쁘진 않더라. 자고 먹고 치료하고, 자고 먹고 치료하고, 반복하는 그 허락된 자유라니…. 그 섬에서 생각해 보았단다. 왜 그리 살았을까. 쇠털처럼 많았던 날들 중, 진정한 행복이나 평화 같은 건 신기루처럼 짧고 늘 내게 야박했던 것을. 내 한 몸 사라져도 아무 일 없다는 듯 세상은 잘만 굴러가는 것을….

해변의 춤신神들

그날따라 조여름 햇살이 별처럼 반짝였다. "야 바다다!" 누군가 외쳤다. 바다는 늘 설렘을 준다. 차에서 내렸는데, 바다는 저만치 있고…. 바다로 내려가지 못하도록 쌓은 시멘트 제방 너머로 출렁대는 물결로 인하여 가슴이 탔다. 바다는 언제 찾아오든 한 번도 실망시킨 적이 없었지. 오늘처럼 멀면 먼대로 바라만 보아도 충만함을 선사한다. 바다를 더 가까이 느끼고 싶어 시멘트로 쌓은 내 허리보다 높은 두툼한 제방 위에 올라앉았다. 적당히 불어오는 바람이 온 몸의 세포를 자극한다. 지금 이대로라면 잠시 시간이 정지되어도 좋겠다는 생각을 했다.

그때, 환호성이 터졌다. 고개를 돌리니 그늘 막에서 쉬는 사람들을 관중삼아 한낮에 해변의 무도회가 열렸다. 이때를 위하여 준비라도 한 듯이, 각기 다른 동아리에서 스포츠댄스를 하신다는 점잖으신 은발의 남녀 두 분이 유려하게 미끄러진다. 한 쌍의 새다. 춤사위는 파도를 타는 갈매기요, 형상은 극히 몽환적이다. 고요하게, 가끔은 얼굴이 포개질 것처럼 아찔하게 긴장감을 주면서 사람들의 정서를 압도한다.

　어린 시절로 달려간다. 고향의 약수터 옆에 무도장이 있었다. 사람들은 그곳을 방갈로라고 불렀다. 방갈로 어원은 인도 벵골 지방의 독특한 주택 양식에서 비롯됐단다. 산기슭이나 호숫가 또는 바다가 보이는 곳에 지은, 처마가 깊숙하고 베란다가 있는 곳을 말한다. 풀이나 기와로 지붕을 올린 목조건물로 여름철 피서용으로 쓰인다니 별장의 개념이다. 무도장은 방갈로라고 불릴 조건이 아니었다. 바다나 호수가 보이기는커녕 나지막한 산조차도 없는, 곡식 저장 창고처럼 생긴 그곳을 왜 방갈로라고 불렀는지 모르겠다. 암튼 아이들 금지구역으로 규정했던 그곳을 지날 때면 잔잔한 음악이 흘러나오곤 했다. 나는 홍등이 켜졌던 그 안의 세계가 궁금했었다.

　그리고 10년 뒤, 내가 고향에 있는 유치원에 근무할 때였다. 보육교사 세미나에 갔더니 포크댄스를 가르쳐주며 자모회를 운영할 때 활용하라고 했다. 나는 꼬마들을 보내고 녹음테이프에 가득 담긴 서양의 각 나라 민속 경음악들을 듣곤 했다. 음악들은 어릴 적에 무도장을 지날 때마다 흘러나오던 그 음악들과 비슷한 느낌이었다. 한번은 교회 청년모임에 그 포크댄스들을 활용했다. 짝을 이루어 춤을 추다 한 칸씩 밀려가 짝을 바꾸는 묘미라니, 춤 한번 추고 싶은 이와 짝이 되려면 아직 인데 음악이 끝날까봐 조바심 하는 표정들 이라니, 마음에 둔 이와 만나기 직전에서 하필 음악이 끝나 버리다니…. 40여 년이 지난 지금 들어도 빠져들고 마는 그 음악들, 몇 트랙을 돌아도 끝나고 나면 "아이!" 하는 아쉬움의 합창이 일제히 터지곤 했다.

이튿날, 나는 교회 안에서 풍기문란을 조장助長한 사탄이 되어 있었다. 당연히 목사님께 불려가 혼쭐이 났다. 그 후 그 시간을 찬양으로 대체했더니 다시 그 춤을 추자고 청년들의 원성이 컸던 추억이 있다. 4박자나 3박자 왈츠지만 마지막엔 남녀가 부둥켜안고 호흡을 쉬며 천상을 거닐 듯 도니 방갈로 무희와 다를 게 없는 것을, 피 끓는 청년들에게 전수하다니…. 철모르고 반짝이던 그 시절 열정이 그립다.

해변의 춤은 이어진다. 중력과 관성의 법칙처럼 밀고 당겼다 끊어질듯 잇는 것이 원을 그리듯 모나지 않는다. 저 분들은 아는 사이일까? 춤 한번 추자는데 너무 심오할 필요는 없겠다. 지금의 감정을 오롯이 몸으로 표현할 뿐, 일상으로 가면 모르는 사이여도 좋으리. 그저 자유롭게 이 순간을 즐기면 된다. 음악도 없이, 약속도 없이, 악보라고는 관중이 보내는 음표 없는 손뼉리듬 뿐이다. 그럼에도 호흡을 맞추며 하늘하늘 날렵하게 동작들을 구현하니, 오늘 이 해변에 춤신神들이 임했나 보다.

두 분 사이에 흐르는 일정한 리듬을 들으며, 리듬의 기원에 대해서도 생각해 보았다. 리듬, 그 기원은 어디일까. 공허와 혼돈뿐이던 태초부터 존재했고, 심장박동을 듣는데서 부터 해와 달의 움직임까지 온통 리듬 속에서 살다 간다. 그렇게 온 우주가 리듬으로 가득하듯, 사람과 사람사이에도 리듬이 있거늘…. 저처럼만 유연하게 맞추며 살 수 있다면 좋겠다. 몸으로 환희를 말하는 춤, 하늘과 땅 사이에서 춤처럼 사람을 매혹시키는 예술도 드물게다. 해변의 춤신神들 몸짓은 계속 이어진다.

꿈꾸는 강변

보인다…
별빛처럼 청아하고, 은빛 날개를 가진
'리처드 바크'의 조나단이 보인다.

들린다…
사토에 살결이 쓸려가는 듯,
내 안의 허물을 벗어내는 소리가 들린다.

아들은 목욕 중

내 아들이 아들을 낳았다. 요즘 아들네 집으로 가서 산후조리원에서 퇴원한 아기에게 목욕을 시키곤 한다. 어떻게 이 조그만 몸 안에 영혼과 생각이 들어 있을까. "아가야! 목욕해야지요?" 솜털이 보송보송한 아가 몸이 손끝에 닿는 이 느낌, 뭉클함 같은 그 무엇…. 나의 피가 아들을 지나서 작은 몸으로 이어져 흐르는 천륜, 이 환희와 감격을 어떤 언어로 표현하랴. 세상에 널린 것이 언어임에도 목욕을 시키는 내내 딱히 표현할 언어를 찾지 못하곤 한다.

"아유! 사랑스러워라, 누굴 닮아 요렇게 예쁜 모습을 하고 세상에 오셨나요?" 이렇게 말하며 아기 몸의 물기를 닦아주고 옷을 갈아 입혔다. 씨도둑은 못한다더니, 이목구비와 표정이 아들이 도로 아기가 됐나 착각할 정도이다. 목욕을 시킨 뒤 제 어미가 젖을 물린다. 스르르 잠이든 모습, 천사다. 천사를 내려다보자니 좌충우돌 했던 새댁 시절이 떠오른다.

결혼을 한다는 것이 무엇을 의미하는지, 부모가 된다는 것에 대하여 생각해보거나 사전 지식이 전무全無한 상태로 나는 결혼을 했고, 스물다섯에 첫아들을 낳았다. 긴 산통 끝에 꼼지락거리는 아가를 간호사가 내 품에 안겨주었을 때 심정은, 단순히 기쁘다는 감정을 넘어 너무한 소중함이었고, 소중함이 지나쳐 조심스러움이었다. 그 조심스러움이 지나치니 두려움에 가까운 심정이었다. 점차 안정을 찾긴 했지만 그리되기까지 살얼음판을 걷듯 했다.

　제일 어려운 일이 목욕시키는 일이었다. 아가를 조금만 세게 잡았다간 어딘가 툭하고 부러져버릴 것만 같고, 살짝 안고 있자니 물에 빠트리기라도 할까봐 덜컥 겁이 났다. 목욕시키는 일중에서도 가장 어려운 건 머리감기는 일이었다. 정수리의 말랑거리는 부분을(앞숫구멍) 잘못 만지면 큰일 날것만 같아 비누칠도 조심조심 살살 헹구어 주곤 했다. 그러기를 며칠 지나서였다. 아기 머리 가운데쯤에 논바닥이 갈라지듯 덕지덕지 뭔가 덮여있는 거다. 머리에 손상이 갈까봐 늘 살살 헹구었더니 때가 딱지를 이루며 덮은 것이다.

　어쩌면 좋을까. 함부로 씻기면 아플 거라 두피를 푹 불린 다음 떼어내야겠는데, 신생아 머리에 물을 적신 상태로 장시간 둘 순 없잖은가. 고민하다 참기름을 발라 밤새 두었다. "아가야, 엄마가 몰라서 미안해…." 이튿날 고소한 냄새가 진동하는 머리를 거꾸로 빗질하여 제거하면서 수없이 중얼거렸던 기억이 있다. 그렇게 좌충우돌하는 와중에도 신기한 건 내 몸의 순간 자동 반응이다. 내 가슴에 그렇게 깊은 샘이 숨겨져 있을 줄이야. 아기를 생각만 해도 양쪽 가슴이 찌르르 하며 물길이 도는 거다. 아기는 곤히 자건만, 가슴 샘가로 흐르는 사랑은 무한정 솟구쳤다. 사랑도 넘치면 아프다. 주체할 수 없는 젖을 유축기로 짜내는 건 고통이다. 그러나 아기가 고개를 흔들며 가슴을 파고들어 나하고 일치되는 순간 환희로 바뀌곤 했다.

아들 목욕시키는 시간은 기도시간 이었다. 머리를 감기면서 머릿속에 지혜와 지식이 가득차기를 기도했고, 가슴을 씻어주면서는 나라와 민족을 품는 큰마음을 가진 사람이 되라고 했다. 배를 씻어 주면서는, 오장육부가 튼튼하게 자라기를 기도했고, 성기를 씻어 주면서는, 이담에 이 거룩한 성 기관을 통해 거룩한 후손을 만들라고 기도했다. 손과 발을 씻어주면서는, 이 손과 발로 많은 사람을 먹이고 거둬 살리기를 기도했고, 엉덩이를 씻어주면서는, 교만하지 않고 겸손한 자리에 앉기를 기도했다. 등에 물을 끼얹으면서는 바다처럼 품 넓은 사람이 되라했다. 열 살 무렵부터는 제 아빠 따라 남탕으로 가서 따라갈 수 없게 되자 목욕시간기도가 머리맡 기도로 이어졌다. 잠들기 전으로 시간만 바뀌었을 뿐 계속되었다.

그러던 중, 아들이 사춘기를 지날 무렵이 되자 우리 사이에 갈등이 생기기 시작했다. 성품이나 행실 문제가 아닌, 학교 성적 문제였다. 나는 더 열심히 공부해서 고시를 목표하라 종용했고, 아들은 그럴 생각이 없다고 했다. 나는 아들의 머릿속을 목욕이라도 시킬 기세로 몰아댔다. 그랬더니 내가 원하는 대학에 진학하여 고시를 목표로 전공을 택했다. 그리고 졸업 후 노량진 고시촌에 씨앗을 심었다.

'그렇지 그렇게 노력하면 되는 거야' 하고 나는 생각했다. 내친김에 신도 포기할 것 같은 고시 광야로 내몰았다. 아들은 같은 우물 속을 종일 오르내리는 두레박처럼 좁고 지루한 한 평짜리 방에서 쓴잔을 세 번이나 마시며 시간을 감내하였다. 사막에서 땅을 파는 것이 안쓰러웠지만, 목욕시킬 때처럼 열심히 기도했다. 그런데 아들은 끝내 그 땅에서 열매를 거두지 못했다. 그리고는 "부모님 기대에 부담으로 사는 거 이제 그만하겠습니다." 세 번째 낙방하더니 며느리 감을 데려와 둘이 조아리고 앉아 이렇게 말하는 게 아닌가.

그랬다. 수천 번 목욕을 시켰지만 나는 아들의 겉만 씻겼던 것이다. 마음이나 정신, 사상은 씻길 수 없는 것을 아들 머릿속의 생각까지 목욕시키려고 노력을 많이도 했다. 자식은 내가 소유할 대상이 아니고 축복으로 주신 선물이므로 맡겨진 동안 사랑으로 돌보며 후원자 역할만 해주면 되는 것을, 나는 어리석었다. 아들의 생각에 귀를 기울이기보다는 내 생각을 주입하려고 했다. 목욕을 시키면서 수없이 했던 기도의 내용들 또한 나의 욕심이었다. 나는 사랑이라는 명분으로 한 인격체에게 장기간 정신적 부담을 주었다. 갓 태어난 아기 때부터 이런저런 사람이 되라고 주문하면서 목욕시킬 때마다 가한 부담을 횟수로 말하자면 수천 번이다. 이 정도면 가히 범죄 수준이다.

애초부터 그 땅은 아들에게 불모지였는지도 모른다. 그렇다면 부모 권유로 씨를 넣고 삽질한 시간들은 정녕 헛손질 이었을까? 수없이 했던 나의 기도 또한 허공을 친 기도였을까? 깊은 공부를 했던 경험이 직장 생활하는데 결코 헛되지 않다고, 엄마가 했던 많은 기도 때문에 엇나가는 행동을 할 수 없었다고 아들이 말하듯이, 그건 아닐지도 모른다. 하지만, 기도의 방법을 남용했던 지난날 내 과오를 인정하지 않을 수 없다. 기도란 본디, 신의 뜻을 물어야 하거늘 나는 내 목표를 설정해 놓고 들어 달라 쥐어짜며 징징댔다. 아들은 전혀 예상치 못했던 땅에 뿌리를 내렸다. 너그러우신 신의 은총이지, 나로선 그런 직장이 있는지도 몰랐다. 아들은 정착할 땅을 돌아 돌아 스스로 찾아내어 뿌리내리고 성과라는 꽃을 피울 적마다 보람도 느끼며 행복해한다.

나는 지금 손자를 씻기면서는 이런저런 주문을 하며 기도하지 않는다. 오히려 내말만 했던 지난 시간들을 뉘우치며 목욕을 시킨다. 아가는 잘도 잔다. 목욕하느라 딴엔 고단했나보다. 새근새근 자는 아가 숨소리를 들으며 상념에 젖어 있는데 아들이 퇴근하여 들어온다. 외출복을 벗자마자 목욕탕으로 들어간다. 아들은 아직도 목욕 중이다. 수천 번을 목욕시켰음에도 제 손으로 다시 목욕을 하고 또 한다. "어머니! 이번에 제가 추진한 큰 건 하나가 미국FDA를 통과했어요." 한참 만에 목욕탕에서 나온 아들이 머리를 털며 말한다. '그래 아들아, 완성된 목욕이란 없는 것처럼 산다는 것도 끝없이 목욕을 반복하는 것과 같은 거란다. 그 일이 수없는 헛손질처럼 보일지라도 결코 헛되지는 않으리니, 하루하루 스스로 닦고 털어내고 다시 힘을 내어 가야하느니라.'

갈매기 문답問答

그날 나는, 천년고도 경주 앞바다 해변을 걷고 있었다. 바람은 쌀쌀하고, 하얀 이빨 드러내며 몰려오는 파도가 모래톱을 어루만지곤 뒷걸음질 치며 쓸려가기를 반복한다. 그런데, 끝없이 펼쳐지는 파란 수면 위에 일제히 정렬하고 있는, 저 하얀 군단은 도무지 무언가…. 마음에 소원을 담아 곱게 접어서 띄운, 수천수만 개의 하얀 종이배 무리가 물살에 떠밀려와 있는 것 같다고나 할까. 다닥다닥 붙어있는 작고 하얀 요정들로 인하여 가슴이 탄다. 나는 가까이 더 가까이 바다를 향해 걸어갔다.

갈매기 떼다! 파란 물을 방석 삼아 날개 접고 앉아 일정한 간격으로 일렁이는 파도의 리듬을 타며 오수라도 즐기는가 보다. 무슨 꿈들을 꾸시는 겐가. 미동도 않는 것이 죽은듯하다. 어디하나 모나거나 날카로운 곳이 없이 촘촘히 붙어서 물결에 몸을 맡기고들 있다. 그 느슨함이 주는 영험…. 평화롭다. 파랑과 하양, 태양마저 뒤로 물러나 엷은 오렌지 빛 하나도 끼어들지 않은, 완벽한 어울림이다.

마법에라도 걸렸는가. 파랑과 하양, 극치의 황금 비율에 매료되어 온 몸의 촉이 일어서며 현실 세계를 덮는다. 갈매기야! 파도의 노래에 장단 맞추며 너희에게 마음을 기울이면 봄 햇살에 터지는 꽃망울들처럼 내게로 날아와 주겠니? 온몸에 성수를 뿌려대는 것처럼 너희 세례 한번 경험하고 싶구나. 열리었지만 보이지 않고 알 수도 없는 하늘처럼, 그들의 용맹과 그들 세계의 질서를 동경하면서 난 서 있었다.

그때였다. 하양 군단이 꿈틀하더니 일제히 날아오른다. 아, 이게 웬일! 나를 향하여 모두 몰려오는 게 아닌가! 방금 올린 기도가 이루어지기라도 했단 말인가. 꿈인가 생시인가. 영화인가 현실인가. 마법 같은 일이 실제로 일어나다니⋯. 수천 마리는 족히 될 갈매기들이 소낙비처럼 몰려와 나의 몸과 어깨를 터치하고는 머리 위로 지나간다. 살면서 어찌 이런 일을 만난단 말인가. 기이하여 뒤를 돌아보니, 바로 등 뒤 축대 위에서 겨울바다를 구경나온 젊은 아빠와 딸이 새우깡을 던진 것이었다.

수천의 경쟁률을 뚫고 어느 놈은 새우깡을 입에 물었는데, 허탕을 친 나머지 무수한 갈매기들이 아쉬움의 날갯짓을 하면서 나의 주변을 맴돈다. 신발 위로 심지어 다리 사이까지 온통 갈매기 천지다. 내 몸이 새우깡이라도 되는 줄 아는지 머리부터 발까지 여기저기를 툭툭 건드린다. 바다와 갈매기가 선사하는 이 황홀한 순간을 어떻게 즐길까. 어떤 상황이든 즐김에 이르는 단계가 최고의 경지라고 하지 않았던가. 내 안에 즐거움이 넘치면 이는 또 다른 즐거움을 낳는 일이고, 살면서 즐거움에 이르는 일이 그리 흔치 않으니, 그러므로 난 지금 그 즐거움을 맘껏 캐내야 한다.

갈매기들에게 휩싸여 지그시 눈을 감았다. 갈매기야, 새우깡 한 조각에 꿈을 얹는 갈매기야, 먹잇감을 찾아 바다 깊숙이 직선으로 내리꽂던 그 용맹을 정녕 잊었더란 말이냐? 너희들이 꿈을 아니? 너희들이 진정한 쟁취나 사랑을 아니? 사람이여, 지금 보고 있는 우리의 몸짓들로 특별한 추억이나 한편 만드시오. 나도 묻겠소. 그대 따사로운 햇살이 날개에 닿는 느낌을 아느뇨? 모래가 발가락 사이를 적시는 촉감을 아느뇨? 우리들은 리더에게 순복하는 질서를 알고, 먹잇감을 노리며 비행하다가 해수면을 치는 그 짜릿함을 안다오, 우리에게 꿈을 물었느뇨? 우리의 용기를, 우리의 자유를 부러워하는 그대 기대가 있는 한, 때가 되면 꿈을 찾아 떠날 것이라오.

보인다. 별빛처럼 청아하고 불타는 정열과 은빛 날개를 가진 '리처드 바크'의 조나단이 보인다. 평범한 갈매기의 삶을 거부하고 꿈을 찾아 떠나 비행술을 연마하는 조나단, 그가 슬퍼했던 건 험난한 여정 때문도, 무모한 도전이라며 손가락질하는 비난 때문도 아니었다. 너무도 확연히 존재하는 세상을 알지 못하는 동료들로 인함이었다. 조나단의 슬픔을 생각한다. 나를 나 되지 못하게 못하게 하는 것들은 무엇이던가. 스스로를 한정시키고 웅크리고 있던 내 안의 동굴 문을 부수고 나가는 거다.

들린다. 사토에 살결이 쓸려가는 듯, 내 안의 허물을 벗어내는 소리가 들린다. 신실하시고 변함이 없으신 음성이 들린다. 마음을 어루만지는 부드러운 손길을 느낀다. 사람에게서 위로를 받으려 했던 나를 반성한다.

　그날, 파랑과 하양의 나라 신화 같은 공간에서 수없는 문답을 하면서 그렇게 갈매기들과 물아일체物我一體가 되어 한참을 빙빙 돌았다.

마음놀이

　손녀의 재잘거림은 멈추지 않는다. 제 할미 대하기를 제 또래 대
하듯 하며 게임을 리드해간다. 나도 덩달아 여섯 살이 되어 하늘을
난다. 눈높이를 아이에게 맞추어 놀아주려면 머리를 바쁘게 회전하
며 따라 가야한다. 손녀는 자라면서 낯가림이 심했다. 그런데 가끔
만나도 나를 보면 방긋거리며 마음을 전해오곤 했다. 그 마음 내 마
음, 우리는 마음이 통하는 사이, 언제부터 통했을까. 임신 중 아기
얼굴을 그려보던 때부터일까. 세상에 나온 날 간호사가 안고 산부
인과 칸막이 유리 너머로 보여주었을 때 찌릿하며 눈시울이 젖었던
때부터일까. 기어 다니면서부터는 만났다 헤어지는 분위기를 알아
차리는 순간 울음을 터트려 나도 질금거리며 헤어져야 했다.

　"할머니 이번에는 마음놀이 해요." 이건 또 무슨 말인가. 체면상
못한다고 할 수야 없지, 마음놀이란 소리를 내지 않고 대화를 나누
는 거라고 손녀가 설명을 한다. 우리는 마음놀이를 시작했다. 손

녀가 먼저 문제를 내겠다면서 나를 잠시 바라보더니 마음으로 제가 한말을 맞추어 보란다. 나 원 도무지 알 수가 없다. 대충 대답했더니 고개를 살래살래 흔드는 거다. 패를 인정했다. 이번엔 날보고 마음으로 말을 해보란다. 이거야 장난이 아니구나, 무슨 말을 할까. 그래 마음을 진지하게 모아 말 한번 해봐야겠다. '넌 어쩌면 그렇게 사랑스럽니?' 나는 이렇게 마음으로 말하면서 빤히 손녀를 바라보았다. 그랬더니 손가락으로 내 가슴과 제 가슴을 콕 찌른 뒤에, 두 손을 합장하면서 저도 그렇다고 끄덕이는 게 아닌가.

영화 '반지의 제왕'에는 독특한 악센트와 억양의 요정어들이 나온다. 이 영화는 북유럽 정통 언어학사인 '톨킨'의 소설을 영화화한 것이다. 그가 언어학자여서인지 소설에 나오는 풍부한 어휘들은 언어의 특성을 조합하여 창조되었다고 한다. 그가 만들어낸 인공언어들이 일상 언어로 발전하지는 못했다. 그렇다보니 배우들이 연기할 때 뜻을 몰라서 문제가 되더란다. 뜻도 모른 채 이상한 표정과 소리를 구사하려니 얼굴의 근육들을 다르게 만들어야 해서 어려움이 많았단다. 제작진들은 세세하게 뜻을 알려지 말고 혀를 굴릴 때마다 상대방의 마음에 주목하라고 조언을 했다고 한다.

누군가의 마음에 주목해본 적이 언제였던가. 서로를 탐색하며 마음놀이를 하는 그 짜릿함이라니…. 마음에 흐르는 이 감정이란 것이 얼마나 사람을 사람답게 하는지 모른다. 좋은 감정이 사람사이에 흐르면 그 파급이 치달아 행복이라는 황홀을 창출하며 삶은 풍요로워진다. 우리 모두는 한 이성과 마음놀이를 하다 사랑의 못으로 뛰어들었고, 나오지 못하여 결혼하지 않았던가. 나 역시 그의 표정과 손짓 하나에까지 내 마음의 채널이 고정되어서 그가 말하지 않아도 그의 말을 들을 수 있던 시절이 있었다.

당시 내 마음은 봄 천지였다. 감정의 강에는 온종일 분홍 물고기가 뛰놀았다. 궂은 밤에도 마음의 하늘가엔 분홍별이 피어나고, 리본 하나를 골라도 옅은 분홍색을 집어 들곤 했다. 냉수를 마셔도 핑크 향이 아지랑이처럼 피어오르며 찻잔 주변으로 여울졌다. 하얀 블라우스에 묻은 분홍 연지 같은 색상에 내 영혼은 무시로 잠식당했었다. 해가 뜨고 질 때까지 모든 걸 그와 함께하고 싶었다. 나무들에 꽃이 피고 열매 맺는 걸 함께 보고 싶었다. 별이 쏟아지는 사막을 그와 걸으면서 해와 노을과 달무리를 보고 싶었고, 바닷물의 움직임을 보고 싶었다. 눈을 뜨면 행여 그런 감정이 사라질까 하여 어떤 날은 눈을 감은 채로 바람이 지나다니는 소리를 듣기도 했다.

몸으로 놀이를 하지만, 마음놀이에 비하면 극히 일부이다. 우리가 말을 하며 살지만 마음으로 하는 것에 비하면 발화하여 나가는 말은 아주 약간 정도이다. 그런데 살다보면 상대의 내면에 있는 수많은 말들보다는 발화되어 들리는 말에 집중하여 일희일비할 때가 많다. 들리는 말은 화자의 표현이나 청자의 기분에 따라 다르게 들릴 수 있고, 전하는 말은 전달자의 생각을 가감하게 되므로 왜곡될 수도 있는데 말이다. 마음처럼 숨기기 힘든 것도 없고 마음처럼 진실한 표현도 없는 것을, 산다는 건 온통 마음놀이인 것을. 마음놀이에 빠져 살았던 젊은 날 나의 봄날이여….

동動과 정靜

움직임 속에서 고요함, 고요함 속에서 움직임을 느껴보시라. 세상은 온통 동動과 정靜이다. 참새가 시끄럽게 재잘거리면 제비는 조용히 날아오르고, 배가 통통거리며 지나가면 물살은 가만히 번진다. 천둥번개가 요란하면 머잖아 햇살이 부드럽게 퍼지고, 격정의 시간이 지나면 평화가 찾아온다. 벌판을 뛰는 노루가 있는가 하면 그 아래로 소리 없이 피어나는 들꽃이 있고, 열정을 다하여 노래하는 이가 있는가 하면 조용히 경청하는 사람들이 있다. 그렇게 동動과 정靜은 함께 있다.

우리 부부가 사는 방법도 이 둘의 화음이다. 어쩌다 함께 외출이라도 하려면, 설거지하고 화장하고 다림질하고 넥타이 골라놓고 남편 구두를 현관에 돌려놓는다. 그리고 엘리베이터를 눌러놓는다. 그는 몸에 옷만 걸치고 나오는데도 번번이 기다리는 건 나다. 운전만 해도 그렇다. 한없이 양보만 하는 그가 답답해서 운전대를 거의 내가 잡고 다녔더니, 자기 남편은 운전을 못하느냐고 누군가 작은 소리로 물은 적도 있다. 좋아하는 음식도 반대이고, 연속극 취향은 물론 취미도 다르다.

둘이 어떻게 끌렸을까. 젊은 날, 동동거리는 처녀와 슬로우 맨 총각이 만나 스파크가 튀었다. 세상을 몰라 실수가 많고 엉성한 내가 험한 세상 별 탈 없이 살아갈 수 있는 건, 주도면밀周到綿密한 남편 덕분이다. 그런데 재미있는 건, 우리 부부는 취미생활을 성격과 상반적인 걸 택했다는 거다. 느린 그는 빨리 움직여야만 하는 테니스를 즐기고, 급한 나는 천천히 생각해야 하는 글 쓰는 일에 빠져서 산다. 그렇게 아주 다른 두 우주가 만나, 움직임 속에서 취미는 고요하게, 고요 속에서 많이 움직이는 취미를 택하여 균형을 이루면서 36년째 무탈하게 살고 있다.

세상은 공평으로 가득하다. 학식이 많으나 근심하기도 하고, 지식이 없으나 평안히 살기도 한다. 가난하나 존경받는 이가 있고, 부자임에도 인정받지 못하여 불행한 이가 있다. 잘나고도 친구가 없어 외로운 이가 있고 내세울 건 없지만 주변에 사람이 많아 늘 행복한 이가 있다. 또한 환희의 축배를 드는 날이 있는가 하면, 감당 할 수 없는 슬픔으로 남모르게 속울음을 하며 아파하는 날도 있다.

세상이 살아볼만 한 건, 어느 누구도 그 무엇도 한곳으로만 치우친 대로 영원한 건 없더라는 것이다. 이도 저도 영원히 다 가진 이를 본 적이 없다. 모든 것들은 지나간다는 공평함이 있다. 이것이 가면 저것으로 채워진다. 목련이 떨어지면 꽃 대신 비가 내려 대지를 촉촉하게 적시고, 가슴이 허전할 때 하늘을 보면 그리운 얼굴을

닭은 달이 있다. 신록이 가면 단풍이 시나브로 물들고, 그 단풍이 너무 짧아 아쉽다하면 낙엽이 땅에 깔린다. 그렇게 가을을 보내고 나면 소복이 눈이 쌓인다.

미국 서부 인디언 성지 '모뉴먼트밸리'에 갔을 때였다. 사람들은 흔히 사막을 보고 버려진 땅이라고 말한다. 그러나 그곳에는 비가 극도로 적어 건조하므로 사막만이 만들어 낼 수 있는 신묘막측神妙莫測한 풍경이 있었다. 눈앞에 펼쳐지는 화성처럼 아름다운 별천지를 대하자 말을 잊고 말았었다. 슬픈 인디언들의 역사처럼 저주의 슬픔만이 흐르던 대지가 지금은 세계인들이 죽기 전에 꼭 한번 가보고 싶은 땅으로 바뀌었다. 때가 되면 고난이 축복이라는 또 나른 이름으로 변한다는 걸 그곳에서 깨닫고 숙연해졌었다.

바람은 지나간다. 피하려고만 하지 말고 지나려니 하고 견디다 보면, 태풍이 바다를 뒤집듯 내안의 썩은 찌꺼기들을 뒤집어 결국 앞으로 나가게 한다. 이별의 고통을 경험한 이에겐 다시 찾아온 사랑은 바라만 보아도 행복하듯, 어둠이 있기에 빛이 소중하고, 아픔이 있기에 치유를 은혜로 여긴다. 공평이라는 진리는 우리로 하여금 삶이 죽을 만큼 힘들어도 살아볼 용기를 준다. 지금 잘 나가도 너무 자고自高하지 말고, 지금 힘들어도 너무 낙심하지도 말자. 대신 채우는 세상, 동動과 정靜 세상, 다시 말해 세상은 동動과 정靜의 균형이고, 균형은 곧 세상이다.

사랑, 그 꽃 같은 소망

　　중국 '심천'을 여행하던 중이었다. 고향이 평양이라고 자신을 소개한 북한 청년 가이드가, 관광지 설명을 하고 있었다. 북한을 떠올리면 정서의 냉각이란 단어가 먼저 떠오른다. 내 주변에 사는 새터민 여성만 해도 그렇다. 탈북한지 꽤 오래 된지라 이곳 문화에 잘 적응하면서 교회에서 성도의 교제를 하며 살고 있다. 그런데 낭만적 도취 같은 건 모르는 듯, 냉각된 무표정의 실재성이 문득문득 보여 안타깝다. 기계처럼 훈련된 북한 어린이들의 예능공연을 보면서 그 완벽함에 감탄하기보다는 안쓰러움이 앞서곤 하는 것처럼 말이다.

　　그 청년의 첫인상도 다르지 않았다. 신념도 꿈도 없는 것 같은 휑한 눈동자, 도무지 감정이란 없는 만경 벌판을 지나는 겨울바람 같은 한기가 느껴졌었다. 어머니는 평양에 생존해 계시는데, 심천에서 가이드 일을 하는 형을 따라 나와 일곱 평짜리 아파트에서 사글

세로 지내고 있단다. 냉장고 세탁기도 없이 전기밥솥 정도만 놓고 돛대 잃은 배 모양으로 그저 살고 있다고 말했다. 그는 자신들의 체제를 자랑하거나 비하하지도, 우리 남한의 체제를 우월하다거나 비판하지도 않았다. 다만, 언젠가는 서울에 꼭 한번 가보고 싶다는 말을 했다.

불현듯 여행객 중에서 누군가가 애인 있냐고 그에게 물었다. 그랬더니 순간 얼굴에 한기가 사라지더니 눈동자가 빛나는 거다. 미소를 짓는가 했더니 귀여운 덧니를 보이며 얼굴까지 빨개지는 거다. 이제까지 느껴진 표정과는 대조적이다. 그는 최근에 한 여성에게 마음을 빼앗겨 버렸다고 말했다. 그리고 이내 아련한 시선으로 버스 창밖을 내다본다. "데이트 신청 했어요?" 누군가 말했다. 그랬더니 그곳 사람들은 데이트 신청을 한다는 건 청혼을 하는 개념이라 엄두를 못 낸단다. 남자가 결혼하려면 기본으로 집이 있어야 해서 자신의 처지로는 거절당할 것이 뻔하고, 그녀만 보면 말을 더듬어 고백을 못하고 애만 태우는 중이란다. 그럼에도 일하는 내내 온통 그녀가 생각나니 조언 좀 해달라고 진지하게 말했다.

차안이 갑자기 시끄러워졌다. 손이라도 잡으면서 밀어붙이라고 수원에서 왔다는 중년의 남성분이 소리치자 그러면 안 된다, 여자들은 감동을 주어야 마음이 열린다, 그러다 놓치란 말이냐, 등등 의견이 분분했다. "마음을 전하는 방법은 편지가 그만이니 마음을 담아 편지를 써서 줘 봐요." 편지로 사랑이 시작됐던 나의 경험을 떠올리며 나도 한 마디 거들었다. 그랬더니 "실은요… 제가 태어나서 편지를 한 번도 써본 적이 없거든요….” 청년이 말했다.

그때였다. “자기 글 쓰는 작가잖아. 대신 좀 써 주지?” 한 친구가 말하는 거다. “거참, 잘 됐네요, 여기 종이와 펜도 있어요.” 수원에서 온 아저씨가 진도를 나간다. “남조선이든 이곳 여성이든 여성들 감정은 비슷할 것이니 선생님이 대신 좀 써주십시오. 집에 가서 제 글씨로 옮겨 적겠습니다. 정말 이 은혜는 잊지 않겠습니다.” 그 청년까지 거들자 좌중은 박수를 쳐댔다. 거참, 어찌 남의 연애편지를 쓰란 말인가. 그 청년은 간절한 표정으로 나를 바라보았다. 나는 흔들리는 차안에서 다음과 같이 편지를 써내려갔다.

“손님들을 모시고 심천 민속촌으로 이동 중입니다. 오늘따라 먼 산이 그림같이 아름답게 느껴지는 것은, ○○씨 때문입니다. ○○씨와 함께라면 제 인생에도 소망이 있을 겁니다. 쉬 꺼지는 촛불이 아닌, 해묵은 등잔에 서로 기름을 채워주듯 부족한 점을 보듬으며 ○○씨와 함께 가고 싶습니다. 가진 것은 없지만 마음만은 진심이니 제 마음을 받아주셔요….(중략)”

이렇게 그 청년의 심정이 되어 편지를 쓰다 보니 알 수 없는 슬픔으로 울컥했다. 이 슬픔은 무얼까. 그 청년의 처지가 안쓰러워서일까. 아득한 옛날의 내 처지가 생각나서 일까. 당시 첫사랑을 보내버리고 가슴에 구멍이 뚫려 지내던 어느 날 나는, 섬광처럼 빛나는 그를 보았다. 첫 눈에 내가 먼저 빠져버렸는데, 그에 비해 나는 너무 초라했다. 밤을 지새우며 편지를 쓰던 안타까움이 떠올랐다. “꼭 제 속에 들어갔다 나오신 것 같습니다. 모두가 제가 하고 싶은 말들입니다. 참 신기한 기술입니다.” 하고 그 청년이 말했다.

사랑이 사람에게 끼치는 감동의 폭은 어디까지 일까. 나름 좋은 일들이 많다지만 단연 사랑하는 일처럼 아름다운 일이 세상에 있을까. 사람은 누구나 나름의 애절한 사랑의 역사를 간직하고 있다. 사랑에 빠진 사람을 만나면 온몸으로 발산하는 생동감으로 눈빛부터 반짝거리므로 덩달아 행복해진다. 하여 숨기지 못하는 것을 말할 때 사랑을 꼽는다. 타인에 의하여 생장하는 사랑이라는 감정이 끼치는 영향은 행복을 넘어 삶에 대한 활력은 물론 도전과 자신감을 주기도 하니 외진 세상에서 사랑만큼 사람을 빛나게 하는 것도 없을 거다. 자신의 토양에서 형성된 자신의 삶을 운명처럼 성실히 살아가는 그에게 사랑, 그 꽃 같은 소망이 찾아오기를 기도한다.

그런 페널티 없을까

"이건 자존심 문제입니다. 혼내줄 방법 없을까요?" 법률사무소를 하는 남편 사무실에 찾아온 한 의뢰인이 하는 말이다. 사연인즉 건축 일을 하는 그가 구두로 계약을 하고 일을 시행하려는데 사전 협의 없이 그 일이 다른 사람에게 넘어가 화가 난다는 거다. 사람과 사람 사이에서 일상적으로 이루어지는 약속들은 대부분 문서를 작성하지 않고 언약으로 이루어지는 경우가 많다. 그 언약들은 가볍게 오가는 대화 속에서 하기도 하지만, 때로는 무게를 담고 예를 갖추어 말하기도 한다.

얼마 전에 나는 한 단체로부터 일을 부탁받았다. 돈이 되는 일은 아니지만, 그 행사 사회를 진행한다는 건 부담이 따르는 일인지라 처음에는 망설였다. 하지만 거절할 수 없는 분위기였기에 수락했다. 세상에 거저 되는 일이 어디 있나. 이왕 맡았으므로 시간을 투자하고 머리를 짜내 준비했다. 그리고 시행 일이 다가와서 추가로 자료 수집을 할 양으로 연락했다. 그랬더니 다른 이가 진행하기로 했다는 게 아닌가. 그런데 그 말을 너무 아무렇지 않게 하는 거다. '알겠습니다.' 나도 아무렇지 않게 말했다.

여행 중에 수북이 쌓인 자물쇠 더미를 본 적이 있다. 자물쇠들에는 알록달록한 하트모양 메모지들이 달려있었다. 코팅까지 입힌 메모지들에는 변치 않는 사랑이나 우정을 맹세한 글들이 쓰여 있었다. 연인들이나 친구들이 메모지를 자물쇠에 매달고 고리를 굳게 채워버린 거다. 사람들은 이곳이 약속의 성지라도 되는 양 찾아와 언약을 하며 자물쇠 숫자를 보태고 있었다. '저 자물통에 묶인 사랑과 우정들이 지금도 변치 않고 있을까. 열쇠들은 어디 있을까. 누구도 풀지 못하는 영원을 기원하면서 깊은 강이나 계곡에 던져버렸을까. 장난이라기엔 너무 진지한 저런 이벤트를 사람들은 왜 하는 것일까.' 높이 쌓여가는 자물쇠들을 보면서 이런 생각들을 한 적이 있다.

의식을 행하는 건 마음이나 정신을 믿지 못해서 일게다. 사랑, 약속, 그런 건 언제부터 존재했을까. 성경은 인류 이전부터라고 말한다. 그런데 자유로운 영혼을 가진 인간들은 늘 자유를 갈망한다. 오죽하면 검은머리 가진 동물은 믿지를 말라는 말이 있겠나. 약속 그딴 것 정도야 뭐, 하고 아무렇지 않게 파기하는 세상이 아니던가. 인간 사회에서 최상급 이라고 할 수 있는 인륜도 변하고 미쳐가는 마당에 하물며 인류 이전에 있었던, 보이지 않는 사랑이나 마음을 물질적 상징에 지나지 않는 의식으로 어찌 구속할 수 있겠나.

고대 히브리인들은 약속에 대한 의식이 심오하기 그지없었다. 그들이 말하는 언약, 베리트(beriyth)어원은 '제물을 자르다'에서 유래된다고 한다. 이 말은 구속력을 지닌 협정을 뜻한다. 그들은 언약을 할 때 짐승을 잡아 배를 갈라 가운데에 놓고는 당사자들이 그 위로 지나가며 맹세를 했다고 한다. 이는 언약을 이행하지 않을 경우, 이런 죽음을 각오하라는 살벌한 메시지를 담고 있기도 하다. 물론 시대적 문화적 상황적으로 상당한 거리감은 있다. 하지만 오늘을 살아가는 우리네에게 적용을 해본다면 진즉 죽어 마땅한 사람 참 많을 게다.

계약과 언약은 어떤 차이가 있을까. 계약은 상대방을 잘 알지 못하는 상황에서 이루어진다. 하여 믿을 수 없으므로 내용을 기록하고 서명날인 한다. 하지만 언약은 대부분 잘 아는 사람과 한다. 마음만 믿고 법적 효력이 발생하는 형식이나 절차를 요구하지 않는다. 하여 사무적인 계약과 달리 언약은 쌍방 간에 다소 포용적이다. 계약은 이 일을 통하여 내가 얻을 수 있는 것이 무엇인가를 먼저 따지게 된다. 하지만 언약은 이 일을 하므로 내가 상대방에게 줄 수 있는 것이 무엇인가를 스스로 질문하게 된다. 계약은 법과 공권력으로 유지되지만 언약은 사랑과 신뢰와 충절로 유지된다. 계약은 의무에 근거하지만 언약은 조건 없는 헌신이 요구된다. 계약은 깨어질 경우 물질적 손실이 있지만, 언약 파기는 관계가 손상되며 사람을 잃게 된다.

세상에 뒤끝 없는 이도 있을까. 언약을 파기 당했을 때 아무렇지 않게 대답을 했지만 생각이 꼬리를 문다. 남편 사무실을 찾아왔던 의뢰인처럼 나 역시 자존감 문제다. 살면서 누구도 사람을 하찮게 여길 자격은 없다. 나는 그에게 설명 한마디 없이 일방적으로 언약을 파기해도 괜찮은 존재였던가. 나를 그리 대했으니 나도 그를 내 마음에서 추방시켜 버릴까. 다시 고민한다. 그렇기로서니 내게 머물렀던 한 우주를 내보내는 게 맞을까. 따질 수도 없고, 쿨 하게 잊기엔 자존심이 상하고…. 이럴 때 상대방에게 적용할 페널티 같은 거 있다면 좋겠다. 그에게 적용하고 나면 내 마음이 눈처럼 하얘지는 그런 페널티 있으면 좋겠다. 그래서 아무 일도 없었던 때로 돌아가 상대를 대할 수 있으면 좋겠다.

꿈꾸는 강변

밤바다에서 우릴 취하게 했던 연蓮은
환상의 세계로 가는 것이 아닌,
더욱 윤기 나는 현실로 가기 위해
먹어주어야 하는 신비한 약초였다.

두 번째 입은 웨딩드레스

어느 것으로 입을까…. 그날 나는 즐비한 웨딩드레스들 앞에서 서성거리고 있었다. "도와 드릴게요." 스튜디오 여직원이 내 체형엔 이거라면서 그 중 하나를 벗기더니 따라오라며 작은 방으로 들고 가서 내려놓는다. 하얀 눈 다발이 일시에 소복이 내려앉는다. 아니, 하얀 물보라 파문이 이는 연못이 생겼다. 하얀 못 가운데 동그란 방바닥이 섬처럼 떴다. 섬 한가운데로 들어서자 여직원이 물결자락을 끌어올려 등 뒤에 단단히 고정해준다. 애드벌룬 같이 크고 방방한 속치마 위로 얹힌 흰 물결 자락이 내 몸에 매달려 방안 가득 퍼진다. 36년 전에도 그랬던가? 그 세월 지나오면서 덕지덕지 시간의 무게라도 보태진 겐가? 드레스 부피가 만만치 않다.

웨딩드레스 자락은 넓기도 하다. 보이고 싶지 않은 것들을 다 가리어준다. H자 허리라인도 울퉁불퉁한 뱃살도 숨어버렸다. 마법은 여기서 끝나지 않는다. 굽이 높은 구두를 신기어서 평균치보다 작은 내 키를 한껏 늘리어 공중으로 띄워 놓았다. 헐렁이는 브래지어 빈 공간 한쪽에는 방금 벗은 내 브래지어를 둘둘 뭉쳐 집어넣었고, 다른 한쪽에는 손수건을 두어 장 뭉쳐 넣어 요술을 부렸다. 기장은 얼마든지 길어도 상관이 없다. 길면 긴대로 땅바닥을 휩쓸면서 덮으면 되니까.

웨딩드레스가 왜 하얀색이냐고 묻는다면, 그냥 하얀색이어야 한다고 대답할 거다. 그냥이란 말처럼 절대적인 말도 없어서다. 아름다움의 기준을 색깔로 말하라면 기꺼이 흰색을 꼽을 거다. 순백이란 말보다 절대적인 말을 찾을 수 없어서다. 무색이 주는 순수성을 감각적으로 표현해 보라면 뭐라 표현해야 할까. 그것은, 구름에 얹혀 떠다니는 실바람을 잡아 노니는 손이요, 수채화 같은 하얀 머플러 파도를 감아쥐는 손길이다. 또한 신랑을 떠올리면서 설레는 분홍 꿈을 이불 삼아 드리워 덮으며 움직이는 손사위 같은 것 일게다. 그런데 이게 웬일인가. 순백이니 설렘이니 실바람이니 했지만 지금의 나로서는 그런 감정들보다는 어색하고 쑥스러울 뿐이다.

로마시대에서는 웨딩드레스들이 파랑, 보라, 노랑 등 다양한 색상들이 활용되었단다. 그런데 빅토리아 여왕이 하얀 웨딩드레스를 입으면서 유럽 사회에 빠르게 전파되었다고 전해진다. 하얀 웨딩드레스는 여성들에게 동경과 선망의 상징이 아닐 수 없다. 그런데 요즘 시대상을 볼 때, 웨딩드레스가 순결을 의미하는 하얀색이어야 한다는 고정관념이 깨질 날도 멀지 않은 것 같다. 실제 아이보리색 웨딩드레스가 이미 등장했고, 외국에서는 화려한 분홍 웨딩드레스를 입는 신부들도 등장하고 있다.

　드디어 리마인드 웨딩사진을 촬영하는 스튜디오로 이동했다. 여직원 도움을 받아 뒤뚱뒤뚱 걷노라니, 36년 전 웨딩드레스를 입은 내 모습이 보인다. 융단 위를 걸으며 어머니를 보니 눈물을 닦고 계셨다. 순간 장대비가 얼굴로 쏟아졌다. 너무 당황스러워할 때, 친구가 뛰쳐나와 파우더로 꾹꾹 눌러주었다. 5년 전, 제 아빠 손을 잡고 순백 드레스 자락을 사락사락 끌면서 융단 위를 걷던 딸아이 모습이 그 촌스러웠던 신부 위로 겹쳐진다. 딸아이는 전날 내가 당부한 대로 환하게 웃으면서 걸었다. 그 표정과 걸음걸이는 하늘에서 천사가 내려와 봄날 실개울처럼 너울거리는 미래의 꿈들과 만나 대화하는 것 같았다.

　두 번째 웨딩드레스를 입고 거울을 본다. 앳됨을 잃은 초로의 신부가 서있다. 저 얼굴은 살면서 나 자신이 만들어낸 작품이다. 웨딩드레스를 처음 입고 융단을 걸을 때는 몰랐다. 팔남매 맏며느리 자리가 무언지, 인생살이가 융단 위에 내렸던 소낙비 연속일 수 있다는 그런 건 모르는 철부지였다. 그저 순수를 향하여 치닫는 그를 향한 열정만 있었다. 그럼에도 오늘까지 무탈하게 올 수 있었던 건 절대적인 신의 은총이 아닐 수 없다. 산다는 건 잃고 대신 받는 연속이었다. 목숨 같이 아낀 순결 대신 두 아이를 얻었고, 남편에게 설렘을 잃어갈 때쯤 내 몸처럼 편안한 안정감이 찾아왔다. S자 허리라인은 잃어버렸지만, 힘든 일도 너끈히 배겨내는 근筋이 생겼고, 두 아이를 떠나보내었더니, 며느리 사위가 들어와 눈에 넣어도 아프지 않을 손자손녀들을 안겨준다.

내 삶의 잔이 넘친다. 넘치는 잔을 들고 턱시도를 입은 신랑을 바라본다. 설렘보다 귀한 익음으로 얼마큼 남아 있을지 모를 미래를 위하여 건배하며 잔을 마주친다. "어머님, 너무 아름다우세요." 오늘만큼은 36년 전 신부처럼 세상의 주인공이 되어 의미 있는 추억을 만들라며 리마인드 웨딩 이벤트를 준비한 며느리가 말한다. "엄마, 부케는 좀 더 올리고, 자신감을 갖고 활짝 웃어요!" 딸이 잔소리를 해댄다. 오늘 이벤트 비용 절반은 당연히 자기 몫이라며 달려온 사위가 딸 옆에서 연신 미소 짓고 있다. "엄마, 나는 왜 없어?" 하고 36년 전 결혼사진을 보고 말했던 아들이, 딱 고만한 제 아들을 안고 두 번째 웨딩드레스를 입은 나에게 엄지 척을 한다.

소나무 문답問答

겨울산은 황량하다. 산능성로 날리는 눈발이 잘다. 칼바람이 한 차례 불어오더니 바위에 기대어 둥글게 굽은 채로 자란 한그루 소나무를 냅다 흔들어댄다. 바르르…. 춥다 못해 아프다는 듯 굽은 소나무 이파리가 길게 떤다. 새삼 눈이 아릿해진다. 어느 전설 같은 날, 친절한 바람의 손길이 깊은 산꼭대기 척박한 바위 틈새에 소나무 씨앗을 날라다 주었을까. 믿음직 하려거든 저 바위만큼은 되어야지. 강인함을 말하려면 저 소나무만큼은 되어야지. 선鮮을 말하려거든 곱게 굽은 저 정도는 되어야 어설픈 뽐냄이 되지 않지. 바위는 소나무 씨앗을 품고, 소나무는 바위를 의지하여 합방한 것이 의좋은 부부를 보는 것 같다. 땅을 가르고 뿌리를 뻗고 하늘을 향하여 오르는 위용 당당한 낙락장송은 아니지만, 높은 산꼭대기에서 유구한 시간을 두고 빚어낸 자연 분재를 한참 동안 구경한다.

등이 굽었던 내 어머니를 닮은 소나무 표피를 만져본다. 어머니는 바위 틈새에 뿌리내린 소나무 씨앗처럼, 무뚝뚝한 아버지 가슴에 뿌리를 내리고 의지하며 육남매를 낳아 기르셨다. 아버지는 잘 웃지 않으셨다. 함묵한 바위처럼 통소를 불어도 춤추지 않는 분이셨다. 가난하면 살갑기라도 하실 것이지, 무표정한 얼굴은 한미한 가산만큼이나 건조하기가 이를 데 없으셨다. 어머니와 마주보고 어찌 부드러운 말이라도 하셔서 우리를 낳았을까 할 정도로 뻣뻣하셨다.

그런 아버지가 때론 비정하게까지 느껴질 때도 있었다. 아버지인들 풍상의 세월이 왜 없었겠는가마는, 폭신폭신한 흙 한줌 넉넉잖은 바위처럼 맨몸으로 세파와 맞서 가정을 이끄신 아버지를 그때는 이해하지 못했다. "송충이는 솔잎을 먹고 살아야 하는 겨." "송충이처럼 한 나무만 파는 건 싫어!" 이력서를 쓸 때마다 어머니와 주고받던 이런 대화 내용도 어느새 까마득한 과거지사가 됐다. 당시엔 능력도 없으면서 늦둥이로 나를 낳고는 지아비에게 기대 무념의 삶을 사는 것 같은 어머니 삶이 싫었다. 송충이 삶을 운운하며 좁은 고향을 벗어나지 못하게 하는 어머니 말씀이 창살로 옥죄이곤 했다.

그런 날은 뒷동산으로 올라갔다. 형태가 사슴이 배를 깔고 누워 있는 것처럼 생겨서 '사슴배'라고 불렀던 뒷동산에 앉아 있노라면 뻑! 하고 경부선 기차가 지나가곤 했다. 아침에 보니 편지를 남기고 딸이 집을 나가버렸다고 한숨 쉬시던 집안 아저씨 모습이 떠올랐다. 어린 나이에 엄마를 잃고 학교도 못 다니고 남동생 들을 거두며 살더니 얼마나 힘에 부쳤으면 야간열차를 탔을까….

잔디에 벌렁 누웠다. 낙락장송 사이로 파란 하늘이 보였다. 한줄기 바람이 지날 때마다 솔방울들이 솔솔 방울소리를 낼 것만 같았다. 그 애는 어디로 갔을까…. 그런데 이 소나무는 언제부터 여기에 있었을까. 어떻게 한곳에 뿌리 내리고는 가만히 서서 있을까. 소나무는 참 한결 같기도 하지, 소나무야, 어머니 말씀처럼 솔잎만 먹다보면 미래라는 어느 날, 정녕 나도 너처럼 무엇이라도 되어 있을 수 있는 거니? 기차소리는 신기하기도 하다. 시끄러운 내 마음을 철거덕철거덕 만지며 지나가면 들끓음이 슬며시 가라앉으니 말이다.

그 후 고향에 있는 유치원에 출근하면서 어린이들에게 정을 붙였다. 햇살이 좋은 날이면 어린이들을 데리고 근처에 있는 동산으로 산책을 나가곤 했다. 그곳에도 잘생긴 소나무들이 여러 그루 있었다. 어디가나 흔히 있는 소나무이건만 소나무를 보면 다시 심란해지곤 했다. 잘 자라 듬직하게 서있는 소나무를 보면 가라앉았던 마음이 움직이며 물음을 하게 된다. 나는 바른 길을 택한 건가? 저처럼 고향에 뿌리내리는 것이 맞는 건가? 솔숲 사이로 뛰노는 어린이들을 보며 그렇게 묻고 물었다. 재잘거리는 꼬마들 소리에 정신을 가다듬고, 소나무를 올려다볼라치면 내 물음에 화답은 않고 솔방울만 툭툭 떨어트려주곤 했다.

윙윙~ 한차례 불어오는 바람에 굽은 소나무가 위아래로 천천히 가지를 움직인다. 굽은 소나무처럼 사셨던 어머니 삶에 지금의 내 모습이 오버랩 된다. 어머니 말씀과 달리 고향에 뿌리 내리지 않고 떠나와 살아온 내 삶을 돌아본다. 그런데 무념의 삶처럼 조악하게

만 보였던 어머니 삶이라 생각했는데, 나 역시 한 남자에게 기대어 나이 들어가고 있다. 나는 얼마큼 더 살아야 성충하여 날갯짓을 할까. 수차례 탈피 과정을 거쳐 어느덧 인생 6령 고지에 서있음에도 예나 지금이나 소나무는 나로 하여금 물음을 하게 한다.

산다는 건 화려한 꽃만 보는 것이 아니요, 찬란한 날개로 창공을 나는 것만이 아니라는 걸 깨닫는다. 긴 추억도 지나고 보면 한줌이고 긴 것 같으나 지나고 보면 삶도 한 단막에 불과하다. 산다는 건 열기구를 타고 가는 것처럼 그저 지나가는 것이거늘…. 그날 나는 소나무와 끝없는 문답을 하고 있었다.

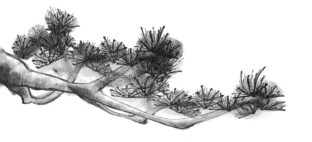

카오스의 끝에서

연일 창공을 가득 네우는 미세먼지로 인히여 파란 하늘이니 푸른 5월이니 말하기 어렵게 됐다. 그럼에도 자연은 환경에 굴하지 않고 녹음을 내고 꽃을 피워낸다. 자연처럼 여전한 것이 있다면 무엇이 있을까. 간직하고 있는 추억이나 꿈, 잊을 수 없는 일, 또는 그리운 사람 등 일게다. 나 역시 보은報恩의 계절을 지날 때마다 떠오르는 못내 그리운 선생님이 계시다. 그런데 이번에 꿈처럼 선생님 소식을 접하게 되고 약속이 잡히자 전날부터 설렜다. 만남의 장소로 가는 내내 오십년 전 초등학교 3학년 시절로 돌아가 있었다.

어떻게 변하셨을까. 마르시고 눈이 크셨던 것으로 기억된다. 드디어 선생님 앞에 섰다. 강산이 다섯 번은 바뀌었을 세월을 보내고서 이제 왔노라고 늦은 인사를 올리고 건너다 뵈니 팔순이 임박하신 연세임에도 어렴풋이 옛 모습이 남아계시다. "나… 실은 자네가 누군지 몰라요…." 선생님께서는 나를 기억하지 못하고 계셨다. 예상했던 일이다. 담임을 한 적이 없으신 데다, 초등학교 3학년 일 년 동안 일주일에 한번 특활 시간에 글짓기를 잠시 배웠을 뿐, 그 후 전근을 가신 건지는 자세히 모르지만 선생님을 뵙지 못했다. 당시엔 아이들이 많기도 했다. 그러니 특활 시간을 거쳐 간 남의 반 아이들을 어찌 다 기억하시겠나. 나 역시 신화처럼 먼 옛날에 반짝이던 기억 한 토막만 오랜 세월 잡고 있었을 뿐 선생님과 함께한 추억 한 자락 떠오르지 않는다.

무슨 말씀부터 올려야 할까. 어찌해서든 선생님께서 나를 기억해 내시도록 해야 한다. 그래서 오십년 전에 겁 많고 부끄럼 많은 작은 아이 가슴에 별을 심어 주셨던 이야기를 들려드리고 감사드려야 한다. "벌이 톡, 쏜 것처럼 불어났다고 표현한 걸 칭찬해 주셨습니다." "?….." "아, 오토바이, 90cc 오토바이는 생각…나시죠?" "나는 오토바이를 한 번도 타본 일이 없어요." 그러고 보니 오토바이를 태워주셨던 건 다른 선생님이신 걸, 순간적으로 선생님으로 혼동했다. 시내버스를 타고 글짓기 대회에 갈 때마다 내가 버스 바닥에 토하곤 하자, 오토바이를 타고 출장가시는 한 선생님이 북이초등학교까지 태워다 주신 적이 있었다. 주선을 하셨는지 다른 선생님이 태워다줄 거라고 말씀하셨는데 그마저도 기억을 못하신다. 암튼 오십년 간 내가 잡고 있었던 기억은 오토바이 사건 보다는 고래의 춤 이야기다.

다시 카오스의 끝을 헤맨다. 이번엔 상을 타왔던 말씀을 드리면서 전설 같은 이야기들을 하나씩 풀어드리니 퍼즐 조각이 맞추어져 간다. 당시, 아홉 살인 내게 담임선생님께서 오후에 글짓기반 교실로 가라고 하셨다. 글짓기가 뭔지도 몰라 두려운 마음으로 낯선 교실로 들어갔었다. 그날 선생님께선 '청소'라는 제목을 주시며 그냥 일기처럼 쓰면 된다고 하셨다. "청소하다 친구와 부딪혀 이마가 불어났었구나. 이마가 불어났다는 말 앞에 벌이 쏜 것처럼 톡 불어났다, 라고 썼구나. 이런 걸 표현력이라는 거다. 너 글짓기 소질 있다." 선생님께서는 아이들이 쓴 글을 한편씩 소리 내어 읽어 가시다 내 글을 이렇게 칭찬하셨다. 난생처음으로 쓴 글에 대한 공개 칭찬을 받은 그날, 별 하나가 가슴에 들어와 자리를 잡았다.

변두리에서 혼자 놀았던 아이, 매사에 자신감이 없던 겁쟁이 가슴에 꿈을 심어주셨던 열매라면서, 부끄러운 연보라 도라지꽃 같은 꽃다발을 두 권의 책으로 엮어 바치니, "언제 내가 미쁜 아이에게 희망이란 불씨를 지폈더냐?" 하시며 선생님이 기뻐하신다. 살아가다 이런 날이 섬광처럼 올 줄이야, 별똥별 같이 휘황한 겨운 행복을, 이 버거운 환대를, 친구들에게 호가호위狐假虎威 하겠노라 하고 말씀하신다.

50년 전 아홉 살 고래는, 첫 춤을 춘 그 후부터 글짓기를 두려워하지 않게 됐다. 그리고 막연하나마 작가가 되는 꿈을 품게 됐고, 미약하나마 꿈을 이루었다. 별을 주시고도 기억 못하시는 선생님, 주고 기억하시느니 보다 더욱 존경이 간다. 카오스의 끝에서 옛 스승님과 퍼즐을 맞추다가 배운다. 칭찬이 누군가의 가슴에 불씨가 될 수 있고, 그 결과는 작은 불꽃하나가 큰불을 일으키듯 타오를 수 있다는 것을….

꽃잔디의 꿈

영운천 하상으로 조성된 산책로를 걷는다. 내가 다니는 교회는 이 천변에 자리하고 있다. 하여 산책을 하다보면 교회 앞을 지나게 된다. 파란색 전면 유리로 장식한 예배당 구간에서 꽃잔디 세상을 만나 걸음을 멈추었다. 아름답지 않은 꽃이 어디 있으랴마는, 이 꽃이 더욱 아름답게 보이는 건 함께 모여서 피어 있어서이다. 손에 손을 잡고 마치 코러스 음악을 연주하는 듯 어우러져 천변 둔덕 가득 진분홍 물결을 이룬다. 새벽이슬에 세안하고 햇살에 반짝이는 꽃무리들이 오늘따라 하도 현란하여 걸음을 멈추자니 지난여름 청주 시내 전체가 물에 잠겼던 일이 떠오른다.

그날은 주일이었다. 아침부터 쏟아지는 빗줄기가 심상치 않았지만 교회 점심식사 당번 조인지라 8시에 드리는 1부 예배에 참석하려고 일찍 집을 나섰다. 지하주차장에 차를 댔다. 예배를 마치고 나니 시간은 아침 9시가 넘었다. 창밖을 내다보았다. 세상에! 하늘이 뚫려버렸나 보다. 바로 눈앞에 있는 영운천에서 물의 광란이 벌어졌다. 성난 파도처럼 소용돌이치며 상류에서 쉬지 않고 누런 물살이 파도처럼 밀려온다. 거대한 황톳빛 도포자락을 휘날리며 회오리바람처럼 내달려와 교가橋架를 철썩철썩 때리며 만드는 물보라가 가히 높은 산더미를 방불케 한다. 구만리를 덮을 만한 날개를 가진 붕새가 나부대는 광란의 춤 놀음 같다고나 할까.

빗소리에서 리듬을 듣는다는 건 정도껏 내릴 때 쓰는 시詩적 표현이다. 주룩주룩 이니 쏴쏴도 적당히 내릴 때 들리는 소리다. 그날 빗소리는 어찌나 크던지 고막이 먹먹하고 고요하다 못해 적막했다. 새 한 마리 감히 날아오르지 못하고 천둥번개조차 묶어놓고는 좍! 하고 외마디만 내며 직수로 쏟고 쏟았다. 바닷물을 거꾸로 쏟아 붓는다는 표현도 과하지 않다. 비 오는 날을 좋아하지만 그날은 낭만은커녕 온 세상을 물에 잠기게 했던 노아 시대 대홍수 사건으로까지 생각이 번지면서 두렵기까지 했다. 둥둥 떠다니다 아라라트 산 꼭대기에 머물렀다던 방주를 생각했다.

그렇게 한 시간 내내 폭포처럼 퍼부어댔다. 겨우 한 시간정도 쏟아졌는데도 온통 물바다 세상이 됐다. 그런데 노아 대홍수 당시에는 사십 주야 쉬지 않고 쏟았다고 성경은 기록하고 있다. 물이 바다를 덮음 같이 가히 세상을 덮어버릴 수량이었겠다. 하나님 명을 받고 오랜 세월 아라라트 산꼭대기에서 배를 지었던 노아 선지자, 강가나 바닷가가 아닌 높은 산꼭대기에 배를 짓는 바보 노아를 야유하던 이들…. 만약 요즘에 그런 일이 벌어진다면 나는 어떤 부류에 속할까. 어리석은 일을 한다고 조롱하던 이들 속에 속할까, 선지자를 따라 방주로 들어간 이들에 속할까.

누런 혓바닥을 널름거리며 하천을 넘는 물살이 나를 현실로 데려왔다. 수마水魔는 아스팔트를 점령하더니 차로를 금시 강으로 만들어버렸다. 그러고도 성에 안찼는지 광란은 계속됐다. 이번엔 물꼬의 방향을 트는가 싶더니 세상에! 도로보다 지대가 낮은 교회마당으로 쳐들어오는 게 아닌가. "지하에 있는 차들 빼셔요!" 누군가 외치는 소리를 듣자 지하에 차를 댄 것이 생각나 다다다다 계단을 내려갔다. 마당에서 지하주차장으로 내려가는 비탈진 차량 진입로는 최적의 수로였다. 지하주차장은 이미 강이 되어 있었다. 차바퀴 절반 정도가 물에 잠겨있었다. 나는 악취가 진동하는 물속으로 뛰어들었다. 금시 종아리까지 차오르는 물속에서 첨벙거리며 간신히 차를 뺐다. 우주과학시대라지만 자연을 거스를 자 감히 누구랴. 그 자연을 다스리는 이는 누구시던가. 나는 겸허해졌다. 그때, 영운천 둔덕에 핀 꽃잔디들이 생각났다. 다 떠내려갔을 꽃잔디들이 안쓰러웠다. 한 포기 한 포기 심고 긴 가뭄에 물주며 가꾸신 목사님 땀이 헛수고가 됐겠구나.

격정의 시간이 지났다. 천변에 나가보니 수마水魔가 할퀴고 간 자리에 풀 한포기 남지 않았다. 나는 초토화 되어버린 천변에서 꽃잔디의 꿈을 슬퍼했다. 쓸려온 모래더미 속에 겨우 몇 포기정도 남은 것으로는 희망이 없어 보였다. 그런데, 생명은 번식력이고 번식은 곧 생산이다. 모두 떠내려갔어도, 간신히 남은 그 몇 포기가 번식하여 오늘 둔덕 가득히 다보록하게 꽃을 피워냈으니 어찌 대견하지 않겠는가.

그날 범람했던 물의 광란은 가장자리에 있던 바윗덩이를 한가운데로 옮겨놓아서 영운천 지형을 바꾸어 버린 곳도 있다. 그런데 우람한 레바논의 백향목도 아닌, 작은 꽃잔디들이 어떻게 살아남았을까. 레바논 백향목은 일 년에 1센티씩만 자라는데, 위로 1센티 자라면 땅속으로도 1센티씩 동시에 뿌리를 내린단다. 그렇게 땅속 깊이 뿌리를 내리므로 절대로 뽑히는 법이 없단다. 하여 아기 키만 한 작은 나무일지라도 수백 년은 족히 되어서 자동차가 날아갈 사막의 태풍에도 건재하단다.

어떻게 살아남았을까. 그처럼 긴 시간을 두고 견고히 뿌리내린 것도 아닐뿐더러, 그저 다년초 식물일 뿐인데…. 밀생하여 지표면을 덮으며 엉금엉금 기어 다니는 꽃잔디의 자생력은 무엇에 있는 걸까? 손에 손을 잡고 합력한 결과일까? 낮게 포복하고 대처하니 물살이 비켜간 걸까? 골몰하여 보나 자연의 조화를 알 수가 없다. '사람아, 너 약한 사람아….' 성경 한 구절 떠올리며 인내심 없고 흔들림이 많은 나를 돌아보며 서있을 뿐이다. 진분홍 작은 꽃송이들이 봄바람에 살랑댄다.

연蓮을 먹는 사람들

　동양의 나폴리라 불리는 경남 통영으로 출발했다. 그런데 궁창이 뚫린 듯 폭우가 퍼붓기 시작하는 거다. 어느 시인이 말했던가. 확실한 평계로 고립되어 하루나 이틀쯤 발이 묶여도 좋을 거라고…. 시인의 말처럼 나는 그 어떤 영화 같은 일이 일어날지도 모른다는 기대를 했는지도 모르겠다. 그런 설렘을 가지고 일행들과 폭우 속으로 들어갔다. 그리운 청마가 있는 곳을 향하여 빗속을 뚫고 달리는 그 낭만이라니…. 봉고차 유리를 때리는 빗줄기를 보는 것만으로도 행복이 배로 충전이 된다. 연인의 감정이 아니어도, 나이를 초월하여 마음이 통하는 사람들과 바다를 안고 1박을 한다는 자체만으로도 두근거렸다.

　드디어 숙소에 도착했다. 시간은 아직 초저녁이건만 창 너머로 보이는 바다는 폭우로 인하여 암흑이다. 수직으로 쏟는 빗소리에 마음이 요동한다. 팔만 내밀면 닿을 곳에 있는 바다로 인하여 애가 탄다. 비 한 번 흠씬 맞으며 밤 바닷가를 걷고 싶은 마음을 절제하면서 바다가 보이는 베란다로 나갔다. 들이치는 폭우로 온 몸이 젖는다. '파도야, 어쩌란 말이냐 임은 물 같이 까딱 않는데….' 청마의 음성을 절로 듣는다. 폭우를 온전히 받아들이고 있는 검은 바다를 보셨는가. 밤바다는 거대한 흑백수묵화다. 검은 바다를 보며 빗소리를 듣다니, 극한 몽환이다. 바다가, 비가, 나를 어떻게 한건가. 비에 잠긴 밤바다, 강한 우수를 발산하는 검은 바다에 마음과 혼을 오롯이 얹는다.

　'얼마나 달콤하랴. 눈을 반쯤 감고 떨어지는 물소리를 듣는다. 살
　포시 찾아드는 비몽사몽! 산상의 몰약수, 덤불에 비치는 석양의
　호박 빛 같은 꿈… 또 꿈…. 날마다 연실蓮實을 먹으며 바라보는
　모래톱을 넘는 물결….'

　오디세우스 이야기를 배경으로 쓴 영국시인 알프레드 테니슨의 '연蓮을 먹는 사람들'이란 시 한 구절이다. 그리스신화 한 도막도 생각난다. 오디세우스 일행은 미지의 땅을 찾아 트로이아를 출범했는데 해상에서 강한 폭풍을 만나 여러 날 표류하다가 '연蓮을 먹는 사람들'이란 나라에 도착한다. 그 섬 주민들은 오디세우스 일행을 따뜻하게 영접하고는, 자신들이 먹고 있던 연실蓮實을 먹어보라고 권했다. 이 연실은, 먹는 순간부터 고향을 깡그리 잊어버리고 언제까지 그 나라에 살고 싶게 만드는 힘을 지닌 불가사의한 약초다. 오디세우스 일행은 그 연실을 먹고, 세상없어도 그 나라에 눌러앉아 살겠다고 고집을 피운다는 마치 동화 같은 이야기이다.

산다는 건 밤바다처럼 어두운 표랑의 길이요, 구름처럼 모습을 바꾸고 바람처럼 회오리치는 것이다. 연신 밀려오고 나가는 우리 삶을 닮은 검은 파도조차 빗줄기에 압도당한 듯 고요하다. 바다는 그렇게 비를 받아들이며 잠잠했다. 오늘만큼은 세상의 변화와 속도에 비켜선 채 바다가 주는 연실蓮實 한 번 먹어보리라. 밤바다 풍경에 잠기니 쏟아지는 빗소리가 감미로운 선율이다. 싸늘한 한기마저 서로의 체온을 느끼는 레몬 향기처럼 달콤했다. 그리고 산에 올라서 바다를 그렸듯이 밤바다를 보면서 햇빛에 부서지며 하얀 포말을 올리는 해변의 곡선도 상상해 보았다.

"우리 이대로 며칠 더 있다 갈까?" 누군가가 던진 실행할 수 없는 한마디에 좌중 모두는 약속이라도 한 듯 그러자고 손뼉을 치며 와락 웃음을 터뜨렸다. 과거를 잊어버리는 신비의 약초라도 모두 먹었는가 보다. 그러지 않고야 어찌 한 목소리로 이곳이 좋사오니 하고 합창을 한단 말인가. 지상 어딘가에 은밀히 자라는 환상의 연蓮이 실재하는 땅이 있다면, 지금 우리가 있는 이곳 밤바다가 보이는 펜션 일게다. 그날 바다가 주는 연실蓮實은 달콤했고 가슴을 뛰게 했다.

하지만 가장 좋은 건 오래 머물지 않는다고 했다. 사진을 찍어 간직하듯 시간을 붙들고 싶었지만 시간은 손가락사이로 빠져나가는 물 같았다. "꿈을 꿀 때는 꿈인지 모르나 꿈에서 깨어나야 비로소 꿈이런가 하노라…." 라고 누가 말했던가. 그처럼 여행은 꿈과 같은 것인지도 모른다. 변화무쌍한 것이 사람 마음이라더니, 돌아갈 곳이 있어 떠남도 행복이 아니던가. 또 하나의 추억을 쓰고 달금한 여운을 남기고 우린 현실로 왔다. 그날 폭우가 쏟는 밤바다에서 우릴 취하게 했던 연蓮은 환상의 세계로 가는 것이 아닌, 더욱 윤기 나는 현실로 가기 위해 반드시 먹어주어야 하는 신비한 약초였다.

사랑할 능력이 없었던 인간

아버지와 어린 아들이 초록 잔디 위를 산책한다. 걸음걸이와 뒷모습이 많이 닮았다. 파란하늘에는 뭉게구름이 떠있다. 초록과 파랑, 하얀 구름, 완벽한 어울림이다. 태양마저 뒤로 물러나 엷은 오렌지 빛 하나도 끼어들지 않은 극치의 황금 비율 세상이다. "아빠, 저기 구름이 내 팔뚝 같아요." "우리아들 히틀러가 시인 같은 말을 하는구나." 아버지가 아들을 안고 빙빙 돈다. 까르르~ 웃음소리가 청량하게 퍼진다. 어디선가 피아노 연주 소리가 들린다. 집이 가까워 올수록 점점 크게 들린다. 피아노 소리가 그치더니 에이프런을 두른 어머니가 나오고 아들이 뛰어가 안기자 안아주며 입을 맞춘다.

영화 같은 한 장면을 상상해보았다. 아돌프 히틀러는 이런 그림과는 상관없는 불행한 어린 시절을 보냈다고 전해진다. "다 복제해도 히틀러는 안 된다, 그는 사랑할 능력이 없는 인간이었다." 히틀러에 대한 평이다. 세상에 이보다 끔찍한 악담이 있을까. 하지만 그가 행한 일들에 비하면 이정도 평이 오히려 약하잖은가. 인간으로 태어나 어떻게 이런 평을 듣는단 말인가. 그런데 그의 생애를 해적이하여 보았더니 악마 히틀러에게도 꿈이 있던 시절이 있었다. 그는 화가가 되고 싶었단다. 하지만 어린 시절에 부모가 죽자 꿈을 접고 자신의 그림을 팔아 끼니를 해결했단다. 그러니 부모로부터 인간의 존엄성이나 사랑에 대한 교육을 들어본 적도 받아본 적도 없었던 것이다.

도무지 동정할 수 없는 악마 히틀러의 생애를 통하여 행복한 가정이 한 인간에게 끼치는 영향에 대하여 생각해본다. '신이 인간을 다 돌보지 못하므로 대신 가정을 주셨다.' 는 말이 있다. 사랑할 수 있는 능력을 가신 사녀로 키우는 가장 좋은 교육기관은 가정이기에 하는 말일 게다. 인류 존재 이래 사랑이 넘치는 가정의 중요성은 아무리 강조해도 모자란다. 웃는 자녀들 표정을 볼 때에 부모들 뇌에서는 신경전달물질인 행복 바이러스 '도파민'이 만들어진다고 한다. 자녀에게 사랑을 듬뿍 주고 양육하는 과정에서 자녀로부터 받는 행복 바이러스 때문에 부모가 행복한 감정을 느낄 수 있는 거란다. 부모사랑을 충분히 받고 자란 행복한 개인이 행복한 가정을 이루고, 결국 행복한 사회가 되는 것은 행복 바이러스 전파성으로 인한 당연한 순환이다.

"첫딸을 왜 살림 밑천이라고 하는지 알 것 같아요." 첫 딸을 낳은 아들이 한번은 이렇게 말했다. 제 딸이 태어난 후부터 직장에서 야간근무를 해도 힘든 줄을 모른단다. 그러면서 일을 더하다 돈을 모으게 되었으니 말 그대로 자기에게 살림 밑천이 아니냐는 거다. 밤늦은 퇴근길이 고달프다는 생각보다는 딸을 보는 기쁨과 딸을 잘 키워야겠다는 책임감이 더 크다고 말했다. 그런 아빠를 둔 우리 손녀는 사랑할 능력을 갖추고 자랄 것이 분명하다. "엄마, 저 행복해요." 아들은 이런 말도 했다. 쓴잔을 세 번씩이나 마시며 고독하고 긴 공부를 하더니 이제는 아들이 행복하단다. 그 말을 듣는 순간 뭉클하면서 나도 모르게 눈시울이 젖었다. 전파성이 빠른 행복 바이러스가 아들이 느끼는 행복을 금시 내게 전달하여 내 심장을 통과하고 눈물샘을 자극했나 보다.

"누굴 닮았대요?" 우리 딸이 아기 때에 사람들이 이렇게들 말했다. 그 말은 아기가 못생겼다는 말은 차마 못하고 에둘러 하는 말인 걸 우리부부는 정말 몰랐었다. 한번은 지나가던 어떤 이가 "모과 덩이 같이 생겼어도 귀엽기만 하네요?" 하면서 우리 딸아이를 보고 까꿍, 하고는 가는 거다. 묘한 기분이 들었다. 집으로 와서 남편에게 말하니 세상에서 제일 예쁜 미인을 두고 무슨 헛소리냐고 버럭 했다. 남들이 그러거나 말거나 우리는 딸이 너무 사랑스러워서 하루에도 수십 번씩 뽀뽀를 하면서 키웠다.

학교에서 학생을 가르치는 선생이 된 딸이 말한다. 가정환경이 나빠 욕구불만으로 말썽피우는 아이들을 대하는 일이 너무 힘들 때마다 부모님을 떠올린단다. 자신을 극진히 사랑해주시며 키워주신 것에 대하여, 그런 환경을 만들어주신 것에 대하여 감사를 한단다. 그러고 나면 아이를 긍휼히 여길 수 있게 되고, 진심을 다하여 대하게 되어 아이가 변하더란다. 딸의 행동이 남의 불행을 위에서 내려다보며 갖는 동정이면 어떠랴. 동정도 진심이면 사랑이다. 그 진심으로 아이가 변한다니 얼마나 의미있는 일인가.

　사랑할 능력이 없었던 인간 히틀러, 그가 행복한 가정에서 부모 사랑을 충분히 받으며 자랐다면 그는 어떤 인물이 됐을까. 그가 사랑할 수 있는 능력을 갖추고 자랐어도 악마의 길을 걸었을까. 가정환경이 나빠 불행한 어린 시절을 지냈다하여 모두 악마가 되는 건 아니다. 불행을 극복하고 훌륭하게 자라서 인생에 쾌거를 이룬 이들도 많다. 하지만 히틀러의 경우 화가가 됐든 농부나 요리사가 됐든 그가 무엇이 됐든 간에 적어도 악마가 되지는 않았을지도 모른다는 아쉬움을 떨쳐버릴 수는 없다. 그러면 세계 역사가 지금과는 많이 다르게 쓰여 졌을 것인데 밀이다.

꿈꾸는 강변

자신보다 젊고 잘생긴 연적에게
평생 동안 일군 재산과 가족을 부탁하는 남자….
흐느적거리며 흐르는 피아노 연주가
사람 마음을 미어터지게 한다.

애프터웨딩

한 권의 책을 읽든, 한 편의 영화를 관람하든, 우리는 작품 속 주인공들에게 빠져들게 된다. 아름다우면 아름다워서, 독특하면 독특한대로 그들의 매력에 사로잡힌다. 선인과 맞서는 악한일지라도, 야비하면 야비한 대로 모든 것을 잃고 내려가는 추락의 깊이로 함께 간다. 고난이 훤히 보이는데도 여느 사람들이 가진 한계를 넘으며 나가는 주인공들과 고투를 같이 한다. 그리고 고난의 극점을 향해 내닫는 그들을 결국 사랑하게 된다. 훤한 스토리임에도 그렇게 작가 의도대로 견인되어 가게 된다.

얼마 전에 나는 덴마크와 인도를 배경으로 펼쳐지는 영화 한 편에 그렇게 몰입되어 관람했다. '애프터웨딩' 이라는 제목의 이 영화 줄거리는 덴마크에서 성공한 한 기업의 오너가 병으로 살날이 얼마 남지 않게 되자 주변을 정리하는 내용이다. 그에겐 눈에 넣어도 아프지 않을 어린 쌍둥이들과 아름다운 아내가 있다. 그리고

93

아내가 낳았기에 받아들여서 친딸처럼 온 마음을 다하여 정성껏 키운 의붓딸이 있다. 그런데 목숨 같은 가족들과 평생 동안 피땀으로 일군 기업을 두고 죽게 된 것이다. 그는 가족과 기업을 맡아줄 사람을, 아내의 옛 애인이자 의붓딸의 친부로 결정한다.

영화를 관람하는 내내 지난 일이 떠오르며 주인공이 처한 현실에 내 자신이 오버랩 되었다. 나도 자상한 남편과, 한창 대학생활을 즐기는 아들과, 수능을 준비하는 딸을 두고 죽음을 생각한 적이 있었다. 시간이 흘렀지만 그때 일은 늘 생생하다. 당시 나는 의사로부터 재수술을 해야 한다는 말을 들었다. 불과 몇 달 전에 첫 수술을 하고 나니 몸무게가 7키로나 감량했는데 말이다. 근육이 녹아내려 발을 딛고 서있을 수가 없었다. 기신기신 체력을 보강하던 참인데 재수술이라니, 살인적인 고통을 겪고 몸은 낙엽 같이 됐는데…. 두려움이 엄습했다. 이번에는 실제로 죽을 수도 있다는 생각이 들었다. 날짜가 잡히자 안정이 안 되어 차를 몰고 여기저기 다녔다.

'○○병원입니다. 모레 오전에 입원하세요.' 서울의 한 병원에서 보내온 문자를 받자 견딜 수 없는 마음이 되어 그날 나는 차를 몰고 나섰다. 짙은 구름이 드리운 대청 호수 변에 차를 세웠다. 유리를 내리지는 않고 그냥 있었다. 물에 비친 산 그림자가 음산한 것이 둔중한 죽음의 그림자처럼 보였다. 손을 잡은 연인들이 지난다. 여자의 미소가 해맑다. 머리카락이 날리는 것으로 보아 바람이 부나보다. 나도 저렇게 눈부신 날이 있었지…. 하면서 내가 잘못될 경우를 상상했다. 먼저 가셨으니 친정부모 가슴에 돌덩이를 얹어줄 일은 없다. 해결하고 가야할 척진 이들도 생각나지 않았다. 걸리는 건 남편과 아이들이다. 슬픔만 주고 갈 뿐 영화 주인공처럼 남겨줄 재산은커녕 땅뙈기 하나가 없다.

수술실은 푸줏간처럼 잔인했다. 차가운 침대 위에서 나는 겁에 질려 떨었다. 몇 달 전에 이미 경험을 한지라 감각이 더욱 예리하고 뚜렷했다. 온 신경이 그때보다 몇 배나 더 예민했다. 잠시 뒤 나는 인간이 넘볼 수 없는 이승과 저승의 경계를 넘나들 것이다. 화장대 서랍에 넣어둔 유서가 생각났다. "하나, 둘, 셋, 세신 다음 잠시 여행 나녀오세요?" 의사는 농담처럼 말했다. 그의 말처럼 속으로 셋까지 세었다. 그리고 주여, 하는 순간부터 그 이후 일은 모른다. 그리고 마취에서 깨어나 다시 돌아왔다. 그런데, 저들이 내 몸을 어찌 한건가. 도무지 내 몸 안에서 무슨 일이 벌어지고 있는 건가. 온 신경이 일제히 곤두서서 머리끝부터 발끝까지 예리한 유리조각으로 잠시도 쉬지 않고 찔러댄다. 그것으로도 모자라 혼까지 휘감아 짓누르며 깊은 늪 속으로 끌고 내려갔다.

영화는 파티 장면으로 이어진다. 주인공이 아내를 위해 마지막 생일파티를 연 것이다. 그는 인도에 가서 고아들을 돌보며 사는 아내의 옛 애인도 초대했다. "당신은 내게 낮과 밤이었오." 주인공이 아내에게 말한다. "가슴속에 있는 그들과 함께 하십시오. 인생은 그게 전부입니다." 아직 혼자인 아내의 첫사랑이자 의붓딸 친부에게 그가 말한다. 그러면서 덴마크로 돌아와 살 것을 권면하며 아내와 결혼해 줄 것을 간곡히 설득한다. 명치끝이 아릿해진다. 어떻게 하면 저런 심장을 가질 수 있을까. 자신보다 젊고 잘생긴 연적에게 평생 동안 일군 재산과 가족을 부탁하는 남자…. 흐느적거리며 흐르는 피아노 연주가 사람 마음을 미어터지게 한다. 그렇게 나는 주인공과 하나가 되어 있었다. 그리고 영화가 끝난 후에도 한동안 그를 떼어놓을 수 없었다.

인연因緣 만들기

　바람 한 자락이 화단을 지나다 뾰족 내민 목련나무 꽃봉오리에 꽂혔다. 봄날 화단에 인연 만들기 소동이 벌어졌다. 바람이 화단을 맴돌며 구애를 한다. 나와 인연을 맺자, 꼭 다문 입술 기필코 열고야 말리. 하며 나무를 후려 댔다. 그런데 어쩌나. 여린 처녀 입술은 도무지 열릴 기미가 없으니. 열리기는커녕 더욱 앙 다물고 있으니. 열 번 후리고 흔들면 열리겠지 하고 도전해보지만 번번이 미끄러지곤 한다.

　그런데 바람이 달라졌다. 딱새 한 마리가 소곤대더니만 비법을 알려주기라도 한 걸까. 물을 찾는 뿌리를 안으로 감춘 채 사는 나무처럼, 아무런 기대도 하지 않는 것처럼 속을 숨기고 있다. 숨긴다고 해서 관심이 사라질까마는 가만히 쓰다듬기만 한다. 그랬더니 입술이 움직이기 시작했다. 한번 시작하자 못내 참지 못하고 터지는 그 파열음이라니…. 그 밤에 목련나무는 일제히 하얀 꽃등불을 켰다. 세상이 환하다.

돌아보면 내 사랑도 봄날 꽃송이 피우듯 했다. 통상의 사람들이라면 그가 바람이고 내가 꽃봉오리 해야 한다. 하지만 우리는 달랐다. 내가 급한 바람이었다면 그는 앙다문 꽃이었다. 살면서 그만큼 당기는 유혹이 또 있을까. 처음 그가 내 앞에 나타났을 때는 내게 관심이 없는 것처럼 보였다. 나는 계산기를 두드리지 않고, 그와의 인연을 갈망하며 그의 주변을 서성거렸다. 하지만 그는 상아궁에서 나오는 향가처럼 나를 취하게만 할 뿐 그 자리에서 꿈쩍하지 않았다. 허술하고 급하게 움직이는 나와 다르게 그는 주도면밀했다. 나와 다름에 끌렸든, 나를 자신에게로 모으게 하는 마력에 끌렸든, 내가 먼저 다가가 시작한 인연 만들기로 인해 같이 늙어가고 있다.

수년 전, 우리부부는 마흔아홉 살 노총각과 마흔네 살 노처녀 인연 만들기 작전에 돌입한 적이 있다. 경제력을 갖춘 사람 좋은 노총각이 남편 직장에 있었고, 음악을 전공한 아리따운 순수 노처녀가 내 주변에 있었다. 언뜻 보아도 잘 어울려서 만나게 해주었더니 도무지 진전이 없는 거다. 둘 중 하나가 바람을 해야 하는데 둘 다 꽃봉오리만 하고 있다. 세상을 알 만한 나이를 먹었음에도 총각은 여자 마음을 모으는 방법을 모르고, 아가씨는 아직도 백마 탄 왕자에게 납치당하는 꿈을 꾸는 철부지 소녀였다. 총각은 남편이 맡고, 아가씨는 내가 설득하며 인연 만들기에 들어갔다.

남편의 권유에 총각이 몇 번 데이트 신청을 했으나 아가씨가 요지부동이다. 내가 아가씨와 대화를 해보았으나 고개만 갸웃한다. 문제가 무얼까. 나이만 먹었지 십팔 세 소녀인 아가씨 입장에서 생각해보았다. 그랬더니 두 가지 묘안이 보였다. 하나는 근면 성실하나 털털한 노총각의 외모를 꾸미는 것이고, 하나는 그에게 있는 경제력을 활용해보자는 거였다. 남편이 총각에게 내 묘안을 말했더니, 자기는 자신의 진면모를 알아보는 여자를 찾는다고 하더란다. 남편은 물정모르는 소리 말라며 피부과로 데리고 가서 얼굴을 깨끗하게 했다. 그리고 선배에게 주는 셈치고 천만 원만 써보라고 설득을 했단다. 깨끗한 외모와 명품에 안 넘어갈 여자가 어디 있나. 얼마 뒤, 두 사람이 청첩장을 들고 왔다. "그 손 좀 놓지요?" 우리 거실에서 차를 마시는데도 손을 꼭 잡고 있는 그들을 향하여 내가 말했다. 그랬더니 "너무 늦게 만나서 손을 놓기조차 아까워 잡고 있을 거예요." 하고 아가씨가 말했다. 몇 년 후, 공공 걸음마하는 아들과 노는 아이 아빠를 만났다. "그 댁은 아기 신발도 명품이라면서요?" 하고 말을 걸었다. 그랬더니 그런 말씀 마시라, 늦게 얻은 아들 신발까지도 바자회 표라며 불만 아닌 불만을 토로한다.

인연은 정靜과 동動이 서로에게 끌리는 것처럼, 산 넘고 들판을 달려온 자유로운 날개를 가진 바람 한 자락이 목련 꽃망울에게 꽂히는 것처럼 우연히 시작된다. 그렇게 유혹을 느끼는 감정에 충실하여 호수에 낙엽이 떠다니듯 하나의 너울로 물들어가며 관계를 만들고 열매를 만들어가게 된다. 누가 먼저가면 어떤가. 간절함이 없었다면 어찌 다가온 이를 두 팔 벌려 안았겠는가. 가만히 있는 이는 물을 찾는 뿌리를 안으로 감춘 채로 서있는 나무처럼 서있었을 뿐이다. 우연을 인연으로, 인연과 필연을 넘어 섭리攝理를 이루어내는 노력을 하지 않으면 그 누구도 꽃을 보는 일은 요원할 거다.

방석

석양 무렵쯤이었다. 예배당 기도실에 들어서니 가로세로 60센티, 높이 5센티쯤 되는 네모반듯한 인조가죽 방석 한 개가 십자가 앞에 덩그러니 놓여 있다. 서쪽 창문으로 들어오는 저녁 햇살이 방석 위로 조용히 흐른다. 조명은 전등을 켜지 않아도 좋을 만큼이고 그렇다고 눈이 부시도록 너무 환하지는 않다. 방석 주변으로 침이 튀긴 파편들이 햇살에 점점이 보인다. 액체 무늬가 아직 마르지 않은 것으로 보아 마음이 고단한 누군가가 금시 다녀갔는가 보다. 나처럼 귀가하는 길에 들러 갔는지도 모르겠다. 화장지로 쓱 닦아내고서 방석에 앉았다.

방석에 엎드려서 마음을 쏟는 일은 진솔하게 행하는 경건 의식이다. 방석은 기도하는 이가 신께로 가기 전에 먼저 안아 주는 매개체다. 그 위에 늘펀하게 앉으면 일체의 감상이 배제되면서 순하고 편안해진다. 방석에 앉아 내뱉는 말들이 참일 수 있는 건, 사람에게 말할 때처럼 까다로울 정도로 논리적이거나 군더더기를 걸러낸 말을 구사하지 않아도 되어서다. 모호한 발음도 괜찮고 묵언이어도 괜찮다. 다만, 속내를 뱉어 올리는 격식 없는 언어들이 방석 위에 눈물처럼 뚝뚝 떨어지면 된다.

시간은 마음대로다. 나의 경우 짧게는 몇 분에서 길게는 몇 시간까지 앉아 있었던 적도 있다. 언어들은 국숫발을 뽑아내듯 쉬지 않고 나오며 볼륨은 속삭임을 약간 넘는 정도이고 톤은 낮게 소살 댄다. 모진 세상에서 실패하고 놀란 가슴으로 찾아와 방석에 얼굴을 묻고 눈물 콧물 흘리는 이도 있고, 억울함을 사람에게 풀지 못해 응어리진 심사를 남모르게 토해내는 이도 있다. 말소리조차 내기 힘들 정도로 지칠 때면 오래 그리워한 사람을 대하듯이, 방석에 이마를 대고만 있어도 괜찮다.

살다보면 알에서 금방 깨어난 병아리처럼 평안을 잃고 고연히 허둥대며 당황하는 날을 만나기도 한다. 그럴 때는 누군가라도 붙잡고 주저리주저리 하고 싶다. 젊은 날에는 친구를 불러내 마음을 터놓기도 했었지만, 나이가 들면서는 그런 일은 그만둔다. 친구와 헤어져 혼자되었을 때 오는 허탈감이 싫기도 하지만 오늘 너무 말을 많이 한 것은 아닌가? 하는 후회로 오히려 개운치 않아서다. 사람에게는 하고 싶은 말을 다했을 때 탈나기 일쑤나 방석에 앉아 하는 말은 얼마든지 해도 탈이 없다.

방석은 하나님께로 가는 내 무릎을 포근하게 감싸준다. 제 몸을 납작 찌그려 내 몸을 받쳐주기에 나 또한 그분 음성을 듣기까지 버틸 수 있다. 방석은 내 속사정을 무조건 품어주는 어머니처럼 편안하다. 나의 절실함들이 수직으로 하나님께 닿아지도록 촉매 역할을 해준다. 방석이 있기에, 나를 조성하셨으므로 내 울음의 곡조를 잘 가려 알아들으시며 나보다 나를 더 잘 아시는 그분께 편히 간다. 방석이 있어서 '보채지마라. 당황하지마라. 여기서 쉬면서 새 힘을 얻고 가라.'는 음성을 듣게 된다.

　한번은 교회에서 짧은 치마를 입은 채로 회의에 참석하게 됐다. 나는 근처에 있는 방석을 끌어다 무릎을 살짝 덮었다. 방석을 사람에게 비유한다면 세상에서 흔히 볼 수 없는 깊고 따뜻한 인품을 가진 사람일 거다. 보이고 싶지 않은 부끄러움까지 가만히 덮어주니 세상에 이보다 넓은 마음을 가진 이가 있을까. 남의 아픔과 치부를 끝까지 들어주는 그 인내심은 능력 있는 상담사를 능가할 거다. 과묵함으로는 모든 비밀을 듣고도 발설하는 법이 없으니 누구도 따라 갈 수 없을 게다. 바닥을 보여주지 않고 흐르는 강물처럼 방석의 수고와 희생도 마르지 않는다. 살면서 지은 온갖 죄 짐을 지고 찾아와 털썩 앉은 이의 무게를 끝까지 지탱해 준다. 슬픈 사람들의 눈물받이가 되어주고 한숨 배인 베개 같이 그 눈물을 받아 머금어 준다.

총알을 줍는 것처럼

그날은, 주말이라 다니러온 손자를 데리고 놀이터로 나갔었다. 탕! 탕! 놀이터에선 서부활극이 벌어지고 있다. 사내아이들 서너 명이 개척시대 총잡이들이라도 된 양 이리저리 뛰어다니며 장난감 총을 쏘아댄다. 미끄럼틀에 올라가거나 터널로 된 놀이기구 안에 숨어 쏠 때마다 오색 구슬 총알들이 우수수 쏟아진다. 며칠 뒤 8월 말이면 세 돌이 되는 손자의 눈이 휘둥그레진다. 형아들 활극놀이가 신기한 듯 바라보던 아기가 쪼그리고 앉았다.

감색 반바지에 노랑 반팔 셔츠를 입은 아기가 바닥에 떨어진 구슬 총알들을 줍기 시작한다. 그 모습이 제법 진지하다. 쏟아지는 여름 햇살이 오목오목한 우윳빛 팔뚝으로 내려앉는다. 작은 단풍 잎만한 손바닥에 알록달록 총알들이 너 대 알쯤 모아지면 종종걸음으로 와서 나에게 맡겨놓곤 다시 줍기를 반복한다. 연일 지속되는 고온과 습도로 아기 머리가 비를 맞은 것처럼 흠씬 젖었다. 송

골송골 맺힌 땀방울이 이마를 타고 내려와 눈을 찌르는지 볼록볼록 소시지 같은 팔뚝을 들어 눈가를 훔치곤 한다.

"승훈아! 그만 줍고 집에 들어가서 씻을까?" 벤치에 앉아 바라보다 말했다. 그랬더니 "할머니, 이거 쓰레기통에 버려야 되요. 친구들이 밟으면 미끄러져요." 하고 말하는 게 아닌가. 이런 감동이! 땀을 흘리며 진지하게 줍기에 재미있어서 놀이 삼아 줍는 줄 알았다. 활극놀이는 아직 그칠 기미가 없다. 안쓰러웠지만 총알 줍는 일을 잠시 더하도록 두었다가 데리고 들어오는데 손 폰에 문자 도착하는 소리가 들린다.

"배려만점이네요, 우편번호까지…. 감동입니다." 막 도착한 문자내용이다. 문자를 보낸 분은 다른 지역에서 활동하는 화가이다. 거리가 멀어 뵌 적은 없고, 그분 작품을 내 책에 수록하는 일로 두어 번 통화만 했다. 그런데 이번에 화집이 나와서 보내주겠으니 집 주소를 달라는 문자를 받았었고, 주소를 찍어 보낼 때 우편번호도 보냈을 뿐이다. 이번에 행사를 앞두고, 지인들에게 주소 좀 보내 달라는 문자를 이백여 통 넘게 보냈는데, 우편번호까지 보내준 건 내가 유일하단다. 하여, 감동했다는 거다. 일일이 우편번호 찾는 일이 쉽지 않았었나 보다. 우편번호 하나 보내줌으로 배려만점인 사람이 되고 감동을 주었다니 민망하기가 그지없다.

아기는 잠이 들었다. 새근거리는 아기를 내려다보노라니 배려란 말이 되뇌어진다. 배려를 말할 것 같으면 뙤약볕에서 총알을 줍는 정도는 되어야 하지 않을까. 친구들 안전을 염려하여 고사리 손으

104

로 총알을 줍다니, 어떻게 그런 생각을 했을까, 요 작은 머리로….
더듬더듬 겨우 문장을 이어가며 말을 배우는 아기가 배려나 선善
을 알면 얼마나 알겠는가. 놀이방에서 받은 교육과 아까 상황이 연
결되어서 실행했든, 제 어미가 평소 했던 교육의 효과이든, 중요한
건 오늘 할미를 감동시켰다는 거다.

이 풍진 세상을 지나며 감동했던 일들이 얼마나 있었을까. 나는
어떤 상황에서 감동하며 행복했나. 살다가 분에 넘치는 선물을
받기도 했고 가끔은 좋은 옷을 사기도 한다. 하지만 그런 일들이
반드시 행복이나 감동과 함께 오지는 않았다. 행복이나 감동은 거
창한 준비를 하는 중에 오지 않았다. 불시에 소소한 일들로 인하여
손님처럼 찾아오곤 했다. 오늘 총알을 줍는 손지를 보는 것처럼 부
지중에 와서 머물곤 했다.

살면서 어떡하면 오늘처럼 감동을 주고 감동을 할 수 있을까. 내
가 행한 일이 우편번호 찾는 일 보다는 분명 큰 선善이었던 적도 있
었으나, 오늘처럼 타인에게 감동을 주지 못했던 건 왜일까. '자신
이 하는 일이 선善이라고 의식하는 순간 이미 그 선善은 진정한 의
미를 상실한다.' 는 말이 있다. 그랬다. 타인의 시선을 의식하지는
않았었다고 쳐도, 스스로 의식하였다면 남에게 가야할 감동을 내
가 가로챈 거다. 그렇게 자기만족에 빠져 스스로 행복했으니 타인
에게 줄 감동이 어찌 남았으랴. 총알을 줍듯, 우편번호를 보내주
듯, 선행은 본인도 모르는 일상이어야 하는 것을….

그 섬에서의 한나절

　시간이 물처럼 간다. 어항 속 물고기 지나다니듯, 물이 손가락사이로 빠져나가듯 간다. 그러던 어느 날, 예기치 않게 한나절의 시간이 꿈처럼 주어진다면 무얼 할까. 나는 실제로 한적한 섬마을에서 혼자가 되어 한나절을 보낸 적이 있다. 그것도 낯선 섬에서 말이다. 무슨 일을 하면서 보낼까. 사연이 있는 것처럼 조금은 쓸쓸해져서 유유히 해변을 걷는 여인을 상상해 보는 것만으로도 영화 같은 일 아니던가.

　선유도 여행 첫날인 전날 오후에는 장자도 대장봉에 올랐었다. 정상까지는 천천히 걸어도 왕복 40분정도면 충분하다. 꿈길을 걷듯 동백 숲 산책로를 지나 정상에 올라섰다. 오밀조밀 작은 섬들 사이를 채우며 흐르는 녹색 물빛…. 바다에서 호수를 보고 있는가. 끝이 안보이게 탁 트인 동해와는 달리, 서해 장자도는 바다를 둘러싸고 산들이 어깨를 맞대고 있어서 마치 거대한 호수를 보는 것 같다. 그런데 서쪽으로 고개를 돌리니 바다가 온통 흑백뿐이다. 낙조를 앞두고 자연이 연출하는 극한의 실루엣무대다. 정신 못 차리게 반짝이는 저녁 윤슬에 무아지경으로 빠져버리고 만다.

그런데 이튿날 일어나니 무릎이 아프다. 무녀도를 거쳐 선유봉에 오르는 날인데 난감했다. 퇴행성관절염이 도진 것 같다. 하여 무리하지 않고 열외 하기로 한거다. 섬마을에 혼자 있어보는 것이 쓸쓸하기보다는 낭만으로 여겨졌다. 아는 이 없는 섬 동네를 걷는 약간 정도의 결핍의 정서를 즐겨보자. 롱 드레스로 갈아입고 숙소를 나섰다. 초여름 햇살이 설렘을 준다. 방파제 너머로 출렁이는 바다를 보며 거닐었다.

그때 어디서 나타났는지 섬 강아지 한 마리가 따라온다. 녀석 봐라, 이거야 짝사랑하는 이를 몰래 따라다니는 시추에이션이다. 내가 걸음을 멈추면 저도 멈추고는 고개를 돌리며 안 따라온 척 한다. '거참!' 이번에는 불시에 뒤를 돌아보았더니 '누굴 찾으시나이까?' 하는 듯 제자리를 빙빙 돌더니 '그저 제 할일을 하고 있을 뿐이거든요?' 하는 듯 땅을 파며 딴청 피운다. 그러다 내가 움직이면 다시 따라 온다.

작은 섬 교회 종탑 십자가로 햇살에 부서진다. 교회 화단에 목단 송이들이 활짝 입을 벌려 나그네 걸음을 잡는다. 벌 한 마리가 사발만한 목단에 더듬이를 깊숙이 박고 있다. 몽환적이다. 활짝 열고 내어주고. 사모하여 파고들고, 마치 흥건한 흘레 장면 같은 충만함이다. 그 풍경이 하도 진지하여 숨을 죽이고 보았다. 누군가에게 전부를 내어주는 일은, 누군가를 사모하여 흠씬 빠지는 일은 저런 황홀함 일게다.

졸졸 따라다니는 강아지에게 나는 무엇을 줄까. 작은 가게로 들어갔다. 무지개 빛깔 쫀드기를 사서 잘게 찢어 던져주었다. 그런데 녀석 좀 보게, 냉큼 받아먹을 줄 알았더니 킁킁 거리다 고개를 돌린다. 불량식품 쫀드기가 웬 말이냐는 듯 외면한다. 반지르르 흐르는 털의 윤기가 범상치 않다 했더니만 고급 음식만 먹이는가 보다.

숙소로 들어와 침대에 누우니 늘어진 해송이 창밖에서 들여다본다. 심심풀이 쫀드기 한 가닥을 오물거렸다. 너무 굵게 찢었나? 너무 가늘게 찢었나? 굵게 찢어먹다 가늘게 찢어먹다 변화를 주며 식감을 다르게 느껴본다. 그러다 변해버린 사랑을 탓하듯, 옛날 맛이 아니라며 밖으로 들고 나갔다. 낮게 나는 바다 새 두어 마리를 불러볼 양으로 모래 위로 던졌다. 이런! 구구 고갯짓만 할뿐 역시 흥미 없어한다.

강아지도 갈매기도 외면하는 쫀드기를 생각만 해도 군침이 돌던 시절이 있었다. 어릴 적에 학교 앞에서 쫀드기를 사면 하루 종일 흐뭇했었다. 나란히 찰싹 붙어있는, 피댓줄처럼 생긴 쫀드기를 떼어 내려면 그것도 이별이라고 비명소리인양 직! 소리를 냈었다. 아껴먹으려고 국수가닥처럼 가늘게, 더 가늘게 찢어 먹곤 했었다. 달지도 쓰지도 않은 것이, 인생도 사랑도 아닌 것이, 씹을수록 감칠맛을 내며 그때는 입안의 온 세포를 일으키곤 했었다. 많이 가미하지 않아 담백하고 좋았던 그 맛은 어디로 갔을까. 불현듯 주어졌던 그 섬에서의 한나절이 기대했던 영화 같지는 않았다. 조금은 지루해져서 그렇게 쫀드기 한쪽 물고 기억 저편을 더듬고 있었다.

어머님 외출

눈이 아닌 겨울비가 나흘째 내렸다. 빗줄기 따라 쌀쌀한 바람이 종일 불어댔다. 가로수 은행나무들마다 이파리들을 옴씰 내려놓았다. 그렇게 비우고 빈가지로 처연하게 서있다. 가지마다 황엽들을 가득 달고 찰랑이던 가을날이 어찌 유구하기를 기대하리요마는 그 풍경이 너무도 스산하다. 쓸쓸히 서있는 암갈색 은행나무 앙상한 가지사이로 야속하리만치 찬바람만 지나다닐 뿐, 새 한 마리 얼씬거리지 않는다.

어머니에게 겨울이 찾아왔다. 병원 침대에 누우셔서는 영원히 뜨지 않으실 것처럼 눈을 질근 감고 미간을 찡그리신다. 묻는 말에조차도 신음소리로 대신하실 정도로 통증에 시달리신다. 시간마다 소변을 보러 일어나실 때면 마른 입술사이에서 가는 피리소리가 새나온다. 그 소리가 내 심장을 콕콕 찌른다. 그러나 어느 순간 그 소리마저 그치면 내 심장도 멎을 것만 같아서 얼른 다가가 귀를 대보곤 했다.

하루살이가 날갯짓하는 것처럼 가랑가랑한 피리소리가 다시 들리면 안도의 숨을 토하며 가슴을 쓸어내리곤 한다. 걸대에 걸린 수액 봉지에서 방울방울 생명이 어머님 몸속으로 흘러들고 있다. 높은 연세에 낙상하셔서 척추 뼈가 골절되셨는데 그 부작용으로 다른 장기들에까지 심각한 부종이 생긴 거다. 비닐봉지에서 흘러나오는 각종 약물들에 생명을 의지하고 계시는 어머니를 그저 지켜보고만 있을 뿐이다.

이파리를 가득 달고 있던 여름 나무들 같던 어머님의 젊은 날도 있었거늘 청춘은 온데간데없이 사라지고 머리에 하얀 서리가 내렸다. 어머닌 조실부모早失父母하시고 어린 나이에 땅 부자 집 장남이신 시아버님께 시집오셔서 팔남매를 낳아 기르셨다. 사람 좋다는 소리 듣는 아버님과 평생을 사시면서 여러 남매를 키워 내시려면 여장부가 되셔야만 했단다. 농사일은 길쌈 등 막히는 것 없이 해내셨단다. 밤을 새며 하는 바느질까지 솜씨가 좋아 동네사람들과 집안 어른들로부터 칭송을 들었단다.

어머니는 음식솜씨도 좋으셨다. 얼마 전까지만 해도 경로당 어른들 점심을 도맡아 해드릴 정도로 기개가 당당하셨다. 여러 어른들이 드실 반찬을 만드시려면 힘들지 않느냐고 여쭈어본 적이 있다. 그랬더니 "노인네들이 내가 맹근 반찬이 맛있다지 뭐냐? 아직은 내가 반찬을 만들구 말구다." 이렇게 대답하셨다. 팔순을 넘기셨음에도 두어 살 위이신 분들을 노인네라 하시며 경로당 제왕처럼 분위기를 장악하셨다.

팔남매 맏며느리인 나에 대한 어머니 마음은 특별하셨다. 그것은 내가 처음 시집갔을 때부터 지금까지 변하지 않으시는 어머니 마음이다. 지난하게 살아온 당신의 세월이 하도 거칠었기에 금쪽같은 내 며느리는 손에 흙 안 묻히고 살기를 바란다고 자주 말씀하셨다. 하여 어머니는 텃밭에서 가꾼 부추 한 가닥까지 뽀얗게 다듬어 주시곤 했다. 마늘이나 감자 등도 가장 굵은 건 장남인 우리 몫으로 챙겨주셨다.

그런데 나는 겨우 며칠 밤을 새우고 나서는 어머니를 간병인에게 맡겼다. 언젠가는 이런 날이 오고야 말 것을 생각안한 것은 아니지만, 갑자기 닥치고 보니 당황스럽다. 팔순을 넘기시면서 급격히 건강이 나빠지시자, 아이들도 출가하고 여유방도 있으니 모시고 살아야 하는 건 아닐까 생각한 적도 있었다. 그러나 나는 그리하지 못했다. "아파트는 답답해 나는 못산다. 같이 살믄 착한 애들 불효자 맹글게 돼있다." 하시던 말씀을 떠올리며 어머님도 혼자 사시길 원하신다고 하고 합리화했다.

보일러 조절을 해야 해서 시골집에 들어갔다. "우리 나이에 크게 다치믄 아주 나온 거유… 이제는 요양병원과 요양원을 돌아 댕기는 거지 집으로는 못 가유…." 옆 침대에 계신 한 할머니가 하시던 말씀이 떠올랐다. 어머님의 손때 묻은 세간들을 둘러보다 털썩 주저앉았다. '아닐 거야 아닐 거야….' 운이 나쁜 거지 낙상하여 외출했다고 모든 사람들이 영원한 외출로 이어지는 것은 아닐 거라고 중얼거렸다.

그런데 그 할머니 말씀이 맞았다. 어머니는 평생 사시던 시골집을 그리워하며 5년째 요양원에서 생활하신다. 감각을 잃으셔서 대소변을 가리지 못하시니 집에서는 생활하실 수 없게 됐다. 내 집에서 걸어서 5분 거리에 시설과 서비스가 마음에 드는 요양원이 있어서 매일 들러서 안부를 물을 수 있으니 그나마 다행이다. "은행알 수북이 쏟았을 긴디…. 저장고 뒤에 쏟은 밤송이는 토종이라 단디…. 마당 잔디 풀이 무성할 긴디…." 하시며 어린아이처럼 작아지신 어머니는 오늘도 고향 집을 그리신다.

꿈꾸는 강변

누군가를 사모하는 일은
하늘을 나는 숭고한 감정이다.
별처럼 휘황한 이 감정은
사람들이 즐겨 키우는 순수함이다.

가보지 않은 그곳에서

　홍학들이 무리지어 바닷가를 가득히 메우는 곳, 방드르디가 있을 것 같은 태평양 끝까지 가보고 싶다. 대서양이나 인도양을 지나서 가고 가다가 어느 이름 모를 섬을 만나면 소설 속에서처럼 '스페란차'란 이름을 붙여주는 거다. 그것이 너무 추상적이라면 환상의 공간이 아닌 실재하는 곳, 아프리카 나미비아 사막으로 가보는 건 어떨까. 끝없이 펼쳐지는 광활하고 붉은 모래사막을 걷는 느낌은 어떨까. 수통과 마른 빵 두어 조각이면 하루 양식으로 족하리. 붉은 모래 바다를 걷는 일이 솜이불을 밟는 듯, 구름 위를 걷는 듯, 폭신폭신 편안하지만은 않을 수도 있다. 그러나 몸을 혹사하면서 고독에 젖어 보기도 하고 극도로 배가 고파보기도 하는 거다.

　힘들면 쉬어서 가자. 사막에 등을 대고 누워 두 팔을 벌리고 크게 한번 심호흡을 해보자. 떠나보면 알게 될거다. 내 마음이 닿는 곳이 어디인지를…. 붓으로 칠한 것 같은 새털구름 사이로 달리는 생각의 그 끝에 그리운 얼굴들이 확연한 마음처럼 보이겠지. 먼 곳으로부터 온 바람이 내 작은 몸의 흔적을 금시 지워버릴지라도 아쉬워하지 말자. 모래바람이 하늘까지 닿도록 높은 기둥을 만든 뒤 홀연히 가라앉으면 멀리 신기루가 보일 거니까. 어차피 산다는 건 모래 위에 성을 쌓는 것과 같은 것이 아니던가. 그러니 그 순간만큼은 뜨거운 태양으로 살고 지는 거다.

바람과 빛과 시간이 빚어낸 땅 그곳에서 검은 밤을 만나고 싶다. 정적이 감도는 황량한 사막에 푸른 달빛이 쓸쓸히 그림자를 드리우면 나도 모르게 간절한 마음이 될 거야. 너무 간절하면 기도가 된다고 했던가. 별나라에서 날아와 불시착한 어린 왕자를 만나게 될 줄이야…. 꿈의 동산 유토피아, 에덴의 동쪽 같은 그곳에서 어린 왕자와 밤을 지새우는 건 영원처럼 소중한 일이겠다. 사막에서 어린 왕자와 나란히 누워서 보는 별은 어떤 느낌일까? 어린 왕자가 들려주는 별 이야기를 듣다가 따뜻한 모래 침대에서 잠들고 이슬 맞고 일어나는 느낌은 어떨까.

날이 밝으면 붉은 모래언덕에 올라보자. 끝없이 펼쳐지는 또 하나의 바다로 인하여 눈시울이 젖는 그때, 붉은 사막 위로 아! 홀연히 나타난 수만 마리 플라밍고 떼가 보인다. 분홍 날갯짓들을 하며 꿈결처럼 축복처럼 일제히 창공으로 날아오른다. 그런 날이야말로 눈이 부시게 푸른 날이려니 한 시인의 말처럼 그리운 사람을 맘껏 그리워해보는 거다. 무엇으로도 햇빛이 가려지지 않는, 온몸이 땀으로 젖는 그곳에서 몸을 사막 아래로 던져 떨어져보자. 푹신한 모래사막이 사뿐히 몸을 받아 주는 그 순간 그 짜릿함을 어디에 견주 겠는가. 다시 일어나 이번에는 부드러운 춤사위로 새처럼 미끄러 지기도 하고 넘어지기도 해보는 거다.

다시 길을 가다가 예기치 않은 풍경을 만나 걸음을 멈춘다. 화석 처럼 서있는 회색 고목 몇 그루를 만난 그 느낌을 어떻게 표현할까. 드넓은 모래 바다 가운데서 죽은 채로 천년을 이어온 망부석들을 발 이 얼어붙어 한참 동안 바라보는 그 느낌을 어떻게 표현할까. 시간 을 잡아 멈추고서 그 모습 그대로 박제된 풍경을 나는 경전을 대하 듯이 바라볼 거다. 절로 겸허해져서 우러를 거다. 쓸쓸하면서도 황 량해서 아름답고 적막하면서도 신비로워 눈물이 그치지 않을 거다.

내 마음 한없이 너그러워지리니…. 깊은 카타르시스를 경험한 것 처럼 한없이 맑아지리니…. 어미 잃고 다쳐 쓰러진 아기 기린을 만 나 어찌 그냥 지나치랴. 티끌을 뒤집어쓰고 떨고 있는 녀석과 눈 을 맞추고 가만히 쓰다듬으며 함께 울어 줘야지. 귀하게 발견한 야 생화로 화관을 엮어 씌워 주어야지. 다시 걷다 이번에는 사람 키를 넘는 높이와 수 미터 둘레로 피라미드처럼 쌓은 흰 개미집을 만나 감탄한다. 얼마큼의 땀과 시간이 빚어낸 작품인가. 이 척박한 곳에 서 거센 바람 견디고 건재한 그들의 보금자리가 너무 소중하여 찬 사하며 목소리를 높여 아리아를 불러 주어야지.

바람이 불면 부는 대로 쌓인, 품 넓은 모래바다를 어찌 노래하지 않 으리. 작은 티끌들이 모이고, 작은 알갱이들이 끝없이 모여 산을 이 루고, 그 깊음 아래로 물길을 품어 생명을 나누어 주는 사막을 어찌 예찬하지 않으랴. 서로 장악하려 겨루지 않고 크든 작든 부자도 가난한 이도 함께 라는 것을 가르쳐 주는 곳, 종교나 신분을 가리지 않고 받아 주는 그곳으로 가고 싶다. 모래언덕 너머로 검푸르게 넘실대는 대서양이 보이는 곳, 바람과 신들의 땅으로 꿈처럼 떠나고 싶다.

연애하는 까닭에

"이 기회에 한번 볼 수 있을까? 온통 그 일에 마음이 빼앗겨…."
"이대로 꿈속에만 있으리. 꿈으로만… 꿈으로만…." '무라사키 시
키부'의 고전소설 '겐지모노가타리' 중 한 대목이다. 18세 천왕이
사랑이 빠졌다. 앉으나 서나 온통 그 일에 혼을 빼앗겨 집무를 못
볼 지경이다. 마지막으로 얼굴한 번 더 보고 싶어 만났으나 '꿈으
로만…' 이 말만 반복할 뿐, 천왕은 말을 잇지 못한다. 권력 암투는
왕의 사랑을 구경만하지 않는다. 소설을 읽는 내내 감미로운 우울
의 세계에서 펼쳐지는 절절한 비련의 사랑이 느껴진다. 소설 속에
서 천왕은 특별히 마음이 가는 후궁 '고이'를 진심으로 사랑한 것뿐
인데, 그것이 주변의 시기와 질투로 그녀를 죽음에 이르게 한다.

그런가하면 집념의 기다림 끝에 연인을 얻은 이야기 주인공도
있다. 성경인물 야곱은 형에게 죄를 짓고, 멀리 타국으로 도망가
외삼촌에게 종살이를 하던 중에, 사촌누이 라헬을 흠모한다. 그리

고 외삼촌으로부터 7년을 봉사하면 딸을 주겠다는 약속을 받아낸다. 성경은 '야곱이 라헬을 연애하는 까닭에 7년이 하루 같더라.'고 표현하고 있다. 그러나 7년 후 외삼촌은 앞으로 7년을 더 봉사해야 줄 거라면서 약속을 변경한다. 결국 그는 7년을 더 봉사한 뒤 라헬을 얻는다. 연애하는 까닭에 청년 야곱은 품삯도 없이 도합 14년이란 긴 세월동안 종살이 한 뒤에 아내를 얻는다.

누군가를 사모하는 일은 하늘을 나는 숭고한 감정이다. 별처럼 휘황한 이 감정은 사람들이 즐겨 키우는 순수함이다. 사모하는 대상을 생각하는 것만으로도 가슴엔 시냇물이 넘쳐흐른다. 그런 사람 눈빛은 호수처럼 깊고 너그럽다. 마음은 미끄러운 강물을 따라 물결을 치며 작은 풀벌레 움직임에도 예민하여 정성을 기울이게 된다. 사랑에 빠지면 연애하는 까닭으로 하루가 순간 같고 날마다의 삶이 반짝인다. 분홍 정서는 밀물이 갯벌을 덮는 것처럼 상대방에게 압도당한다. 생각은 날개를 달고 둘만의 오붓한 시간들을 상상한다. 쏟아지는 달빛을 받으며 그와 걷는 꿈을 꾼다. 그 대상과 함께라면 습지대도 자갈길도 가시밭길도 황금 길로 여겨진다.

그렇지만 그것은 쉽게 찾아오지 않는다. 뇌성이나 번개처럼 예측하지 못하고 있을 때, 별안간에 나타나 사람을 마구 흔든다. 의지의 나무는 노예가 되어 상대방에게 끌려 다니며 휘둘린다. 급기야 뿌리 채 뽑혀 행복이라는 깊은 못 속으로 빠져 들어가게 된다. 한번 발생한 감정의 산맥은 봉우리를 넘어 높이 난다. 모든 것이 정열이고 영묘하고 황홀하여 열정적인 경지로 들어간다. 그렇게 발생한 감정이기에 그것을 잃는다는 것은 그것을 소유하는 기쁨 이상으로 사람을 절망에 빠지게 한다.

그럼에도 사람들은 사랑을 한다. 사랑하는 일은 환희나 기쁨을 날마다 밥처럼 먹는 일이고, 인간은 사랑을 먹어야만 살 수 있어서다. 동서고금 남녀노소를 막론하고 모든 삶의 관심과 화두가 사랑으로 귀결되니 인류 역사는 사랑의 역사라 해도 과언이 아니다. 사랑의 감정은 형평과 균형의 문제이기 이전에 자연발생적 현상이다. 한 대상에게 수시로 가는 마음을 억제하기 힘든 지극히 주관적인 사건이다. 수다한 사람이 있어도 한 대상에게만 가는 마음을 감출 수 없으니 어쩌란 말인가. 멈출 수 없는 거스르지 못할 그 감정은 자신의 의지로 다스려지지 않는다.

천왕도 야곱도 그렇게 사랑을 했을 뿐인데, 한 사람은 비극을 초래했고, 한 사람은 기쁜 결과를 가져왔다. 연애하는 까닭에 마음을 주고, 타는 가슴을 아낌없이 주었는데 천왕은 그녀에게 독을 주고 있었던 것이다. 연인의 생명이 바람 앞에 등불임을 천왕이 모를 리 없었거늘, 알면서도 멈추어지지 않는 것이 또한 사랑의 감정이기는 하지만 말이다. 천왕이 차라리 사랑하지 않았더라면 좋았을 걸 그랬다는 생각을 지울 수 없다. 도와주는 배경 없이 왕의 사랑을 받는 일이 목숨을 내놓는 일이기에 그녀가 겪었을 고통은 쉽게 상상해 볼 수 있어서다.

사랑이 사랑을 한다는 말이 있다. 이 말은 나 중심의 사랑을 하는 걸 말하는 걸게다. 성공적 사랑의 키워드는 상대방 중심으로 해야 한다. 마음이 불타도 야곱처럼 참으며 잠재울 수 있어야 한다. 그

것은 자연을 거스르는 고통이요, 자신을 치는 일이요, 자기를 희생하는 일이기도 하다. 갖고 싶고 함께하고 싶지만 거리를 두고 바라보는 것도 사랑이다. 수시로 마음이 내달려도 한 인격체를 내 좋을 대로만 하도록 허락된 사람은 세상에 없다. 내가 낳은 자녀도, 남편도 아내도 애인도 소유해야할 대상이 아니고 배려하며 사랑해야할 대상이다. 그래서 사랑은 놓아주어야할, 안타까운 또 다른 이름이라고 하는가보다. 연애하는 까닭에 참고 또 참으며 양떼를 몰고 석양의 푸른 초원을 누비는 청년 야곱을 상상해 본다.

가만한 것들

　외출하려고 신발장을 여니 우산 두개가 가만히 세워져 있다. 저들, 연인 같다. 그렇게 오래 있었던 것처럼 너무 자연스럽다. 키가 크고 유려한 곡선 손잡이 우산에 그보다 한 뼘은 작은 우산이 기대어 있다. 서로 기댄 너희들 먼 나라에서 함께 떨어진 별똥별처럼 다정도 하구나. 클림트의 그림 '키스'에서 느꼈던 몽환적 감상까지는 아니지만, 왠지 갈라놓으면 안 될 것 같은 생각이 들어 가만히 문을 닫는다.

　사람을 감동시키는 것들이 많지만 나는 가만히 어울리는 풍경을 보면 감동한다. 화가가 종이 위에 드리운 꽃과, 그 꽃 그림자가 명암을 이루어서 가만히 어울리며 다정할 때, 까슬까슬한 린넨 식탁보에 떨어진 물방울 하나가 가만히 스며들면서 하나가 되는 것을 볼 때, 마음이 움직인다. 낮게 흐르는 시냇물 바닥에 맑게 보이는 조약돌들 위로 쓰러진 가만가만한 물풀들, 지나는 바람에 움직이는 억새의 흔들림에 가만히 내려 앉는 저녁햇살을 볼 때, 마음이 동요되면서 한참 바라보게 된다.

코스모스에 대롱처럼 긴 주둥이를 깊숙이 박고 꿀을 빠는 나비를 본 적 있는가. 나는 숨바꼭질하는 아이처럼 가만가만 걸어 그 곁을 지난 적이 있다. 지나는 바람 한 자락을 잡아 나른한 게으름 이불 삼아 포만을 누리고 있는 나비 한 마리가 흐뭇하여 숨소리마저 죽이었다. 가장 가볍고 가장 보드랍고 가장 잘 흔들리는 꽃이 되어서 제 몸을 내어주는 코스모스…. 아! 이 장면에서 어찌 생각나는 이가 없겠는가. 가슴을 젖히고 모두 내어주던 내 어머니가 겹쳐지면서 그날 눈물이 그렁했었지.

'네 몸속의 모든 것을 내어주는 이 경건 의식이 억지가 아닌 휴식처럼 평안해 보이는구나.' 하고 코스모스를 예찬이라도 할라치면 '줄 수 있어 행복하고, 맑은 공기가 흐르매 감사하면서 잘 쉬노라….' 하는 화답을 듣는다. 손위에 손을 포개듯, 복사꽃 위에 뺨이 발그레하던 언니를 포개듯, 빗소리에 그리움을 얹듯, 가만히 라는 말은 사람을 섬세하게 한다. 그런 날은 절로 차분해진다. 감성은 잘 조율된 팽창한 현이 되어 '사랑아 이 밤에 네가 바이올린 하면 난 바이올리니스트 하리라.' 하고 노래한 시 한 편을 찾는다. '어둠에 묻힌 밤을 둘의 정한 선율로 채워나가니 갈바람 내음이 무쇠 간장을 녹인다.' 라고 이어지는 다음 구절로 넘어가면서 무릎을 친다.

그런 날은 비약적으로 생각이 심오해지기도 한다. 요동하는 사람들의 표랑 의식을 나에게 조응해 보며 자신을 돌아본다. 그리고 억울한 소리 좀 들었기로 잠을 설치는 나는 가만히 있지 못하는 사람이라는 걸 깨닫는다. 변명하거나 호소할 것이 아니라 단잠을 잤어야했다. 그리고 겉과 속이 다른 나를 발견한다. 일테면 이런 거다. 대수술 후 마취에서 깨어나 죽음 같은 진통을 입 안으로 삼키니 잘 참는다고 칭찬들 했지만 그건 가장일 뿐이었다. 의지를 나뭇잎처럼 뿌리 채 뽑아 육신을 깊은 못 속으로 끌고 들어가는 극심한 고통 중에서 왜 하필 나냐고 원망을 했었다.

그런 날은 옛 성인의 가르침들을 떠올린다. '부리가 작은 새는 씨앗을 물어다 떨어뜨린 소나무가 숲을 이루어도 내 업적이다 하지 않는다, 울창한 숲이 원천적으로 있었던 것처럼 그저 가만히 둔다, 그리고 작은 가지 하나에 제 몸을 얹고 저 멀리 나른 하늘을 그리며 난다.' 고 한 가르침을 되새긴다. '바람은 성긴 대숲을 밤새 흔들었어도 가고 나면 그 소리를 남기지 않고, 기러기는 차가운 호수를 지나가도 가고 나면 호수에 그 그림자를 남기지 않는다.' 하고 이어지는 가르침에 숙연해진다. 그런데 나는 마땅히 해야 할 선善 임에도 약간 정도 행한 그 흔적을 남기거나 남이 알아주기를 은근히 바라서 가만히 있으려하지 않았으니 참으로 부끄러운 소치다.

어떻게 하면 까맣고 모난 돌 같은 현실이란 굴레를 원망이 아닌, 물처럼 공기처럼 부드러운 손이 되어 가만가만 만질 수 있을까. 어떻게 하면 울창한 숲을 만들고도 개미구멍 같은 씨앗을 물어 나른 것일 뿐이었다는 듯 초연한 새처럼 살 수 있을까. 그런 일은 그저 아련한 꿈속에서의 일인 양, 옛날 위를 추억하면서 가만히 나는 새 한 마리처럼 살 수 있을까. 사는 게 어찌 별똥별처럼 휘황한 일만 있겠나. 뇌성이나 번개처럼 별안간 나타난 어려운 상황들과 만나기도 한다. 그럴지라도 이제는 가만히 기다리는 사람이 되어야 하리. 시간이 지나면 평안은 절로 찾아오리니 조급하여 허둥거리지 말아야 하리. 받아들이며 가만히 기다리기보다는 뭔가를 당장 새롭게 놓거나 대응하는 일이 내 할 일이라고 생각하여 종종거리지 말아야 하리.

서로 다운 세상

첫 발령을 받고 출근할 날을 기다리던 딸이 하루는 이렇게 물었다. "남자 교직원이 커피 타다 달라면 어떻게 하지요? 선배들 말에 의하면 처음에 잘해야 된다고 하던데요?" 당시 직장에서 여성에게 커피 심부름 시킨 일이 한창 사회적 문제가 되던 때인지라 사회로 첫 발을 내딛는 딸로선 할 수 있는 질문이지 싶었다. "네가 마실 커피를 타기 전에 주변에 연장자가 계시면 커피 드시겠냐고 여쭈어 보는 것이 맞지 않겠니?" 하고 말해주었던 기억이 있다.

조선시대만 해도 여성을 동등한 인격체가 아닌, 남성보다 하위 존재로 여기거나 남성의 소유물로 생각하는 사상이 지배적이었다. 하여 여성들에겐 글을 배울 기회조차 주지 않는 경우가 허다했다. 그러나 요즘 세상엔 이런 사고를 가진 세상물정 모르는 한심한 사람은 거의 없다. 세상물정 모르는 남성들이 실제로 판을 치던 조선 중기, 문신 유몽인의 설화집 '어우야담'에 나오는 야화 한 토막이 생각난다.

한 유생이 과거보러 상경하는 노중에 밤이 늦어 주막으로 향하고 있었다. 그런데 어디선가 장정 넷이 나타나 유생을 넘어뜨렸다. 그러더니 자루에 보쌈해서 내달렸다. 한곳에 이르러 자루를 풀었다. 둘러보니 담장이 높고 행랑이 둘러있는 고택이었다. 그들은 유생의 옷을 벗기고 새 옷으로 갈아입혀 화려한 방에 밀어 넣는 게다. 문이 열리더니 용모 곱고 연소한 미녀가 시비의 부축을 받으며 들어와 절을 하면서 동침하자 원했다. 맘을 다하여 온밤을 동숙하다보니 북소리가 둥둥 울리더란다.

실학자 이수광의 '지봉유설'에는 이런 이야기도 있다. 대가 댁 마님이 임진왜란 때 계집종을 데리고 피난길에 나섰다. 강가에 이르러 배를 타게 됐는데 아녀자 혼자 힘으론 배에 오를 수가 없었다. 그때 건장한 뱃사람이 부인의 손을 잡아 배에 태웠다. 그런데 배에 오른 대가 댁 마님이 통곡을 하면서 "내 손이 네 손에 더럽혀 졌으니 어찌 내가 살아 있겠느냐?" 하며 강물에 몸을 던져 죽었다는 이야기다.

성리학을 국풍으로 숭상하고 이를 강력히 실천하려는 당시대 추세에 따라, 성종 때엔 '과부재가 금지법'을 도입하여 실제로 시행했었다. 이런 사회의 지배적 풍토는 불평등한 정조관념을 만들어냈다. 유몽인의 '어우야담'의 유생 보쌈 이야기는 과부에게 재가를 금하자 경제적으로 풍요한 여인이 돈을 주고 남성을 보쌈 해다 성욕을 해결하는 부작용을 풍자한 내용이고, 이수광의 '지봉유설'에 내용은 당시 여성의 정조 개념이 얼마나 기막히고 어이없는 결과를 낳는지 보여주는 대목이다. 인간의 성행위나 행복해야 할 권리는 남녀 모두에게 지극히 당연한 사적인 일인 것을….

세상은 변했고 급기야 뒤집혔다. 여성들도 실력을 키워 당당하면 무시당하지 않고 리더나 중요한 선상에 얼마든지 설 수 있다. 하지만 세상이 뒤집혀도 남성이 하는 일을 여성이 얼마든지 할 수 있는 건 아닌가 보다. 공군비행교수를 하고 있는 지인이 말한 경험담이 생각난다. 그는 온갖 어려운 관문을 통과하고 조종사의 꿈을 갖고 도전하는 여군 후배에게 비행교육을 시킨 적이 있었단다.

그녀는 복잡한 기계를 다루고 하늘을 나는 과정에서 각종 절차를 정확하게 지키고 수많은 계기가 지시하는 숫자를 빠르게 읽어내어 과연 인재라고 생각했단다. 그런데 상대적으로 다양한 정보를 통합하고 융합시켜 돌발 상황에 적합한 동작을 이루어내는 데는 남자 조종사들보다 현격한 차이로 낮은 점수를 내더란다.

예를 들면, 낮은 고도에서 하나하나 나무들 종류와 특성을 구분해 내는 능력은 남자들보다 뛰어났단다. 그러나 높은 고도에서 전체적인 숲의 모양이나 지리적 특성을 읽어내어 판단하고 결정한다든지, 여러 사람을 지휘하는 부분에서는 남자 조종사들보다 못 미치더란 것이다. 그러한 특성으로 공군에서는 여자 조종사는 단순한 수송기나 헬리콥터 조종사로 거의 배치되고, 전투기 조종사들은 남자 조종사들이 거의 지배적으로 배치된단다. 세상이 뒤집혀도 양성의 벽을 서로 간에 넘기 힘든 분야가 있고, 모든 분야에 남녀 인력을 동일하게 배치할 수는 없다는 것을 보여주는 예다.

어떻게 해야 참다운 세상이 될까. 커피를 각자 타먹거나 간통죄를 폐지하는 일들만이 문제해결 방법은 아닐 게다. 남녀 모두에게 동등한 기회를 주고 노력한 대가에 따라 보상하고, 각 사람마다 잘하는 분야의 특성을 살려주는 것이 좋은 정책 아닐까. 대한민국 공군처럼 기회를 준 뒤에 객관적인 평가에 의하여 배치하면 원하는 꿈을 이루지 못했어도 불만하지 않을 게다.

성 정체성을 잃고 남성이 여성처럼, 여성이 남성처럼 되려고 괴물로 변해 가는 이들을 종종 본다. 겉모습을 바꾸고 말투를 고치고 신체 일부 수술을 하면 자신이 원하는 온전한 사람이 될까? 진정 흠모할만한 사람으로 바꿀 수는 없을 게다. 여성이 여성답고 남성이 남성다울 때 진정한 가치가 창출 되어 서로 다운 세상이 되지 않을까. 소신을 가지고 목표를 향해 적극적으로 임하는 자세가 진정한 남성다움이고 여성다움인 것을…. 남성의 야성을 보며 마음 설레는 여성이 있고, 자신을 단장하는 여성을 보고 흔들리는 남성이 있어 세상은 아름다운 것을….

꿈결의 종소리

아득한 어린 시절 교회당에서 들려오던 종소리가 생각난다. 날이 밝기 전, 뎅그렁 뎅그렁 울리는 종소리는 소변을 참고 뒤척이는 나를 일으켰다. 눈을 비비며 마루로 나가면 철길 너머로 교회의 높은 십자가 탑이 보였다. 아침에 나가는 저 소리는 어디까지 갈까. 산 넘어 외딴 집에 사는, 학교에 지각을 자주하는 현숙이도 저 소리를 들을 수 있을까…. 이런 생각을 하다 새벽잠에 다시 빠져들곤 했었다.

이른 아침 교회를 떠나 퍼져 나온 종소리가 내 속으로 파고들었던 걸까? 아침 종소리를 까마득히 잊고 종일 강변을 뛰어다니며 놀다가도 석양녘이면 종탑을 찾곤 했다. 종루아래 한쪽에는 양은 주전자가 있다. 강물이 담긴 주전자 안에선 다슬기 한 움큼이 일제히 혀를 내밀고 주전자 벽에 들러붙어 있다. 나는 치마를 돌돌 말아 배에 뭉쳐 안고 친구와 공기놀이를 했다. 손바닥을 떠나 공중에 나는 공깃돌들을 손등으로 받으려고 고개를 들 때마다 예배당 종이 히치히치 보였다.

공기놀이가 시시해지면 치마를 털고 일어나 종탑주변을 돌며 잡기놀이를 했다. 그러다가 종탑에 매달려 올려다보면 녹슨 종이 내려다보고 있곤 했다. 그럴 때면 종루 아래로 흐르는 알 수 없는 위엄에 매료되어 숙연한 마음이 됐었다. 그때쯤 친구가 "기도 놀이 하자." 하고 말했다. 우린 돌아가며 소원을 비는 기도를 했다. 아버지가 목사님인 친구가 부러웠던 나는 우리 부모님도 교회 다니게 해달라고 먼저 기도했다. 그렇게 진지하게 기도를 시작했는데, 갑자기 친구가 목사님 목소리를 흉내 내며 "네 소원을 들어주겠노라!" 하고 말하는 바람에 까르르 웃음이 터졌다.

뎅그렁뎅그렁 울리며 나오는 아침종소리는 우리 집의 하루를 여는 소리기도 했다. 아침종소리가 서너 번 산허리를 휘돌아 오면 아버지는 일어나 여물을 쑤려고 장작을 안아다 아궁이 앞에 와그르르~쏟아 놓으셨다. 성근 무릎사이로 가만히 스며든 통증을 꼭꼭 주무르시던 어머니는 신음 소리를 내며 일어나셔서 이웃집 구정물을 걸으러 나가셨다. 잘바~닥 잘바~닥 구정물을 걸어 엇박자로 걸어오시는 어머니 발자국 소리가 들리면 돼지우리에서는 꿀꿀이들 합창이 터지곤 했다.

저녁에 울려 퍼지는 종소리 여운은 아침보다 훨씬 길었다. 종소리는 자장가가 되어 꿈결까지 남아 있었으니까. 전근가시는 목사님을 따라 친구가 홀연히 떠났던 그날 밤에는, 쉬 잠들지 못하고 뒤척이는 이불 속까지 길게 파고들었다. 종소리가 나를 비켜간 적은 없었다. 부모님께 야단맞아 속이 상할 때엔 마음을 쓰다듬어 주었다. 광야에 혼자 있는 것처럼 허허롭던 사춘기를 지날 때는 어스름한 동굴 안에 웅크리고 있던 내 안의 컴컴하고 그늘진 곳까지 들어와 물처럼 스며들었다.

종소리는 마을사람들 속으로도 파고들었다. 예배당에 다니기만 하면 강고함이 눅지게 되고, 돌 같이 엉겨 붙은 마음들을 잘게 바쉬 사람들 인상이 평안하게 변화되었다. 종소리는 사람 마음이 열릴 때까지 두드린다. 열병을 앓아 금쪽같은 첫아기를 보내자 헛소리를 하면서 기찻길로 뛰어드는 고 서방 아내 마음을 두드리고 두드려 예배당으로 인도했다. 달덩이 같은 아기를 다시 얻어 아픔이 치료되어 갈 무렵, 급기야 닫혔던 고 서방 마음도 열렸다. 그 뒤, 저녁종소리가 울리면 예배당에 가려고 일손을 멈추고 들어오는 그들 부부를 종종 보았다.

종소리가 사라졌다. 왁자한 저잣거리 선술집에서 거나해진 남정네들을, 자리 털고 하나 둘 일으키던 저녁 종소리가 사라져버렸다. 소음이라는 항의에 위엄이 흐르던 종소리는 가버렸다. 홀연히 떠나버린 친구의 기도 소리처럼, 내 맘을 흠씬 빼앗아 놓고 경부선 철길 따라 가버린 백구처럼 돌아오지 않는다. 아련한 여운을 담고 어느 쓸쓸한 사람의 마음을 데우고 녹아들던 종소리, 꽃가루처럼 날리며 고독한 영혼들을 어루만져 그들 속으로 점점이 스며들던 종소리…. 아직도 나의 꿈결에는 종소리가 있다. 가버린 시간들처럼, 인사도 못하고 떠나보낸 첫사랑처럼, 내 안에 추억으로 남아있다. 풍금을 연주하며 예배당에서 놀던 어린 시절은 다시 오지 않지만 눈을 감으면…. 종루 아래서 자분자분 소원을 빌던 친구의 기도 소리가 들린다.

첼로 줄을 갈며

'날 좀 봐줘요!' 서재 문을 여니, 묵직하년서도 부드러운 소리가 들린다. 두툼하고 검은 옷을 입은 첼로가 피아노 옆에 기대어 말을 걸어온다. 처음 듣는 소리는 아니다. 이 방을 드나들 때마다 듣는 소리다. 그때마다 못다 푼 숙제를 끌어안고 있는 것 같았다. 그렇게 둔중한 심정이 되어 잠시 머물다 외면하곤 했었다.

새해 첫날이어서 일까. 오늘은 왠지 그냥 지나치고 싶지 않다. 뻣뻣한 지퍼를 열었다. 모두 끊어지고 겨우 한 개의 줄만 남은 처절한 모습을 드러낸다. 도무지 악기라고 할 수 없는 지경이다. 그러고 보니 참으로 오랫동안 갇혀있었다. 방치해 놓은 십년이란 시간 동안 이 가방 안에서 무슨 일이 벌어진 걸까.

윙~ 운다. 한 가닥 남아 있는 줄을 튕기니 둔탁한 소리를 낸다. 줄은 언제 끊어졌을까. 브리지는 언제 가라앉았을까. 현은 가만두어도 끊어지는가 보다. 줄이 끊어질 정도로 팽팽하게 조여 준 적이 없건만 끊어져서 내려앉았다. 소리조차 내지 못하고 저 혼자 끊어져 버린걸 보니, 잊혀 진다는 건 사람이든 물건이든 서러운 일인가 보다.

　십년 전, 첼로를 구입하던 날이 생각난다. 그날 이순을 넘긴 한 여인이 숲속에서 첼로 연주하는 걸 보았다. 그녀는 전원생활을 하면서 장을 담그는 일을 한다는데, 틈틈이 취미로 첼로 연주를 한다고 했다. 따뜻한 음색과 풍부한 울림, 너무 높거나 지나치게 낮지 않은 포용적인 중저음…. 더없이 매력적인 그 소리에 그날 나는 빠져버렸다. 악기를 이동하여 연주할 수 있다는 장점과, 사람 음성과 가장 흡사하다는 말에 꽂혔다.

　이튿날 악기를 구입했다. 당시로선 거금이었다. 악보는 초견이 되고 피아노로 예배 반주 정도는 하는지라 좀 쉽게 가리라 생각하고 수소문하여 레슨 선생님을 정했다. 그런데 어려서 접한 피아노와는 달리 중년의 나이에 접해서인지 적응하지 못하고 두어 달 정도 지나 활을 놓고 말았다.

　그 무렵 수필을 만났다. 수필은 찬란한 무지갯빛 옷을 입고 다가왔다. 변심해버린 연인의 마음이 이럴까? 온 마음이 수필에게 옮겨졌다. 수필의 늪에 풍덩 빠져버리고 말았다. 수필은 내게 거대한 물결과도 같았다. 큰 물결이 작은 물결을 덮어버리듯, 큰 감정이 작은 감정을 덮어버리듯, 수필은 내 모든 삶을 일시에 덮어버렸다. 좋은 글이 뭔지도 모르면서 그저 쓰는 게 좋아 글을 쓰느라 밤을 새우곤 했다. 그러니, 기본자세 익히느라고 한 달 내내 활만 긋게 하는 첼로가 뒤로 밀린 건 자연스런 현상이었는지도 모른다. 그렇게 글을 쓰면서 어느덧 십년을 보냈다.

무슨 일이든 열정을 다하여 십년을 몰두하면 전문가로 인정해 주어야 한다는 말도 있건만, 나의 글 세계는 부끄러울 뿐이다. 그럼에도 신기한 일이 일어났다. 나의 졸작을 여기저기서 달라는 것이다. 나는 사양하지 않고 여기저기 지면에 내보냈다. 뿐만 아니라 그간 책을 두 권이나 엮었다. 누구의 아내, 누구의 엄마로만 불리던 나를 사람들이 수필가 누구로 내 이름을 불러준다. 잘 쓰고 못 쓰고를 떠나 무소의 뿔처럼 돌진하며 써댔던 결과로 얻은 이름이라 생각하며 뿌듯해 했다. 그런데 돌아보면 얼마나 야성적인 글들이었던가. 나의 행동들은 겁을 상실한 행동이었다.

이순의 나이에 접어든 새해 첫날 끊어진 첼로 줄을 보며 십년 후 나의 모습을 생각해본다. 나는 어떤 모습으로 나이 들어가고 있을까. 어차피 글을 쓴다는 건 자기 만족이다. 타인을 위한 일이 아닌 나를 위한 즐거운 놀이이기에 여전히 쓰고 있을 것 같다. 그리할지라도 무언가 새로운 배움에 도전해야한다. 다른 이름을 하나 더 갖는 욕심을 내보는 거다. 첼로를 하자. 글 쓰는 첼로리스트, 그거 괜찮은 이름이다. 이 시점에서 시작하는 거다. 이시점이라고 하는 건 지금이 가장 빠른 시기인 까닭이다. 목표를 두고 십 년 정도 고군분투 하는 거다.

시간은 물과 같이 흐른다. 악기를 방치한 채 가버린 시간들은 하늘의 달과 같이 닿을 수 없다. 하지만 피 같은 돈을 아끼지 않고 악기를 구입했던 당시 초심을 캐내었잖은가. 첼로 줄을 갈고 활을 바꾸었다. 이 결심을 현에 얹고 차곡차곡 성장을 이루어가는 거다.

내가 택하여 가는 이 길 위에서 즐거움에 이르는 일이 쉬운 일만은 아닐 것이다. 여러 차례 산을 넘기도 할 거다. 그러나 숨을 고르면서 몸이 익숙해지기를 기다릴지언정, 활을 꺾는 일을 반복하지는 않아야 하리라.

십년 후, 석양이 산등성이에 내려앉는 강변에 홀로 앉아 연주하는 나를 상상해본다. 실력의 익숙함과 서투름을 벗어나, 뛰는 물고기와 자갈들을 벗 삼아 이미 즐거움에 이르러 있다. 언젠가는 도래하고야 말 그날, 내 마지막 숨을 몰아쉬면서 수백만 광년보다 넓은 우주로 들어가는 그날, 우주 그 어딘가에 내가 안식할 나의 주소를 부여하는 꿈을 꾸면서 활을 밀고 당기고 있는 내가 보인다.

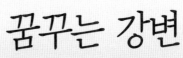

꿈꾸는 강변

너는 누구냐. 과거의 내 시간과,
추억들과, 인간관계까지 모두 가져가 버린
너는 도대체 누구냐.
너에게 혼魂이라도 있더란 말이냐?

노예의 독백

좀체 맑은 날 보기 힘들다는 유럽 날씨가 그날 아침엔 화창도 했다. 비엔나 거리를 걷다가 한 카페에 들어가 쉬면서 비엔나커피를 마시는 어제의 그 낭만이라니…. 그 여운을 다시 불러내어 모닝커피 마시듯 한 모금씩 음미하면서 슬로베니아로 가는 차에 올랐다. 그리고 호주머니 속에서 미끄러지는 익숙한 감촉을 손끝으로 느끼면서 만지작거렸다. 차창밖에 오색 애드벌룬이 난다. 우리도 저처럼 어디론가 흘러가지…. 드넓은 녹색 초장들과 목가적인 갈색 집들, 초록과 갈색, 황금 비율 색상에 취하여 내 마음도 동동 날았다. 멀리 만년설을 덮은 알프스 한 자락이 그림인 듯 왔다 멀어지곤 했다.

그 어느 별나라인가. 신이 숨겨놓은 파라다이스인가. 알프스의 눈동자라 불리는 슬로베니아 '블레드 호수'에서 뱉은 말이다. 깎아지른 수변 절벽 위에 세워진 성벽에서 내려다보니 호수 한가운데 작은 섬이 새처럼 앉아있다. 날렵하고 앙증맞은 초록섬 안에 빨간 지붕 교회와 하얀 종탑 예배당이 있다. 저 섬을 어찌할꼬! 하늘은 호수를 품고 호수는 섬을 품고, 섬은 예배당을 품고 있는 것이, 포개짐의 미학을 표현하고 있다고나 할까. 하지만 세상에 다시없을 것 같은 극한 몽환적 풍경도 호주머니 속에 있는 네가 없으면 무슨 의미겠니. 네가 있으므로 순간의 추억으로 남겨서 두고두고 무시로 꺼내볼 수 있는 것을….

　우린 맘껏 즐겼다. 이리저리 각도를 바꾸어가며 풍경을 네게 보여주었지. 그런데 어쩜 좋단 말이냐. 내 눈에 네 안에 풍경을 가득 담고 돌아서는 찰나, 호수로 퐁당 가버린 너를 어쩜 좋단 말이냐! 무엇에 홀린 듯 내 손에서 미끄러져 영영 나를 떠나버렸구나. 그 허탈감이라니…. 이역만리 호수에 너를 수장水葬하고 돌아서는 마음을 네가 알까. 살면서 아까운 일이 금전손해를 보는 일이지. 나라고 남에게 돈을 주고, 받지 못한 적이 왜 없었을까마는 이처럼 눈물 나게 아깝지는 않았다. 세상에 큰 상실감은 사랑을 잃는 거라고들 하지. 나 역시 사랑을 하고 잃어본 적도 있었다만, 한갓 무생물인 핸드폰을 잃은 상실감이 이리 클 줄은 미처 몰랐다.

　"또 사면되지요, 그만 가요." 옆에 있는 이가 하는 말로 위로받기엔 핸드폰을 잃은 허탈감이 너무 컸다. 얻은 밥이 더 많다더니, 동행한 이들이 너도나도 인증 사진을 찍어 주었고, 입국한 뒤에 풍경 사진들도 보내주어 사진이야 넘친다. 하지만 당시 그 허전함은 무엇으로도 채울 수 없었다. 마치 바보가 된 기분이었다. 지구 반대

편에 있는 나라인지라 다시 오지 못할 수도 있건만, 여행을 즐기기는커녕 아무 할일이 없는 사람이 되어버렸다. 숙소에 들어와 낮에 찍은 사진을 정리할 일도 없고, 인터넷이 터지기를 기다렸다가 도착해 있는 문자들을 확인할 일도 없고, 아직 해결되지 않은 두고 온 복잡한 나랏일이 궁금해도 참을 수밖에 없었다. 입국은 했지만 누구에게도 전화 한 통 할 수 없었다. 심지어 아이들 전화번호도 생각나지 않았다. 여행 갔다고 듣기는 했지만 하루 이틀도 아니고 열흘이 넘도록 연락할 수 없다는 멘트가 떠서 사고라도 났으면 어쩌지 하고 TV를 켜며 걱정했다는 이들도 있다.

가상 불쌍한 사람은 잊힌 사람이라딘가. 이대로 시간이 기면 나야말로 유럽 어느 알프스자락 속으로 숨어들어 세상과 단절한 가장 불쌍한 사람이 되어 잊힐 수도 있겠구나. 너는 누구냐. 과거의 내 시간과, 추억들과, 인간관계까지 모두 가져가 버린 너는 도대체 누구냐. 너에게 혼魂이라도 있더란 말이냐? 어떻게 이럴 수 있니. 얄팍하고 손바닥만 한, 한갓 물체가 사라졌기로 내 삶이 이리 흔들리다니 이게 말이 되느냐 말이다. 인간인 내가 모든 삶을 작은 무생물 안에 담고 의지하며 살았구나. 내 모든 생활구조, 생활의식, 행동반경이 그 안에 있었으니 나는 너의 노예였구나. 슬로베니아 호수에 폰을 수장水葬하고 이참에 독립할까 잠시 생각도 했었다. 하지만, 여행 가방을 풀기도 전에 충실한 노예처럼 핸드폰 가게로 달려가는 내 모습이라니….

춘향이 성깔

　설 쇠러온 손녀가 사촌끼리 놀다 제 뜻대로 되지 않자 불같이 화를 내며 떼쓰고 우는 거다. 제 나름 설명을 하는데 그 설명이란 것이 어른 시각에서는 아무 일도 아니지만 제 입장에선 그럴 수 있겠다 싶기도 했다. 우리 내외는 우는 것조차 귀여워서 구경을 하는데 며늘애는 심각한 표정으로 아이를 데리고 훈육을 한다. 성깔이 이래서 유치원에서는 어찌 사회생활을 하고 있는지 걱정이라며 누굴 닮았는지 모르겠다고 했다. 그랬더니 할아버지가 제 할미를 닮았다고 불쑥 말하는 게 아닌가.

　제 아빠는 어려서부터 순해 빠졌었다. 셋방살이도 서러운데 제 또래 안집 손자에게 툭하면 맞고 우는 거다. 얼마나 속이 상했는지 한번은 남편이 말했다. "○○이가 때리면 주먹을 날리는 거야 이렇게, 알았지?" 하고 주먹질 연습을 시켰다. 그랬더니 "주먹으로 때리면 ○○이가 아프잖아, 그러니까 손바닥으로 때릴 거야" 하고 말하는 거다. 그날도 아들은 주먹을 쥐었다 펴는 순간 먼저 들어온 펀치에 맞고 울었다.

그렇게 순해 빠졌으니 제 아비도 아니고, 밝고 좀체 화를 안 낸다는 제 어미도 아니고, 여유 있고 느린 제 할아버지도 아니라면 저 성깔은 정말 나를 닮았을까. 그러고 보니 어릴 적에 뭐가 그리 맘에 안 드는 일이 많았는지 툭하면 밥을 안 먹고 고집을 부렸던 기억이 난다. 그래서 늦둥이 막내인 나를 나이차가 많은 올케들이 까탈 고모라고 불렀었다. 나 역시 누굴 때려본 기억은 없으나 불같이 화를 내며 뜻을 정하면 굽히지 않는 성깔이 있다. 그 성깔이 한 번 튀어나오면 진실 여부 보다는 내 판단만 고집하게 되고 상상까지 덧붙여 강하게 몰아 부치는 오류에 빠지곤 한다. 프로이트 이론대로라면 나도 좋은 환경에서 충분한 사랑을 받고 자랐다면 까탈 고모라는 소리는 듣지 않았을 건데 말이다. 저 모습은 영락없는 내 모습이 맞다.

한복을 걷어 부치고 앙앙 우는 손녀를 보자니 우리나라 고전소설 중 베스트셀러 춘향전 한 대목이 생각났다. 춘향에 대한 지고지순한 이미지가 있던 나로선 이몽룡과의 이별 장면에 임하는 춘향이 태도가 새로워 흥미로웠다. 어느 날 이몽룡은 춘향을 찾아와 영전하는 아버지를 따라 한양으로 가게 되었노라고 입장을 말한다. 여필종부女必從夫라고, 천리 길인들 마다하랴 만리길인들 마다하랴 서방님 가시는 길 어디인들 안 따라 갈까봐 그러느냐면서, 춘향은 물색 모르고 반겨 말한다. 그런데 이몽룡 말하길 지금은 형편상 함께 갈 수 없으니 다음을 기약하자며 작별을 통보한다.

그 말을 듣자마자 춘향은 불같이 화를 내며 발길로 치맛자락을 걷어 올려 쫙쫙 찢어 내던지고, 정표로 건네는 명경채경도 냅다 뿌리친다. 문지방이 들썩이도록 와그르 탕탕 후다닥거리며 사생결단을 하듯 이 도령을 몰아 부친다. 춘향은 곱고 아리따운 미모와, 한 지아비만 섬기는 절개를 옥에 갇히면서 지켜낸, 조선 여성의 대명사다. 어떠한 환경이나 부귀도 한 남자에게 바친 순정과 비길 수 없으므로, 불굴의 의지로 변절하지 않은 춘향은 시대를 초월하여 남성들에게 선망의 대상이다. 그런데 소설 이 대목은 그녀가 다혈질이고 불같은 성질의 처녀임을 묘사하고 있다.

숙종 때 발생한 것으로 알려진 작자미상 춘향전은 남성 작품일 거라는 생각을 지울 수 없다. 대다수 남성들은 내 여자는 나긋나긋한 애교와 순애보, 그리고 어여쁜 미모까지 겸비하기를 바란다. 하지만 강한 그녀의 성깔이 없다면 변 사또 구애를 어찌 단호하게 거절했겠는가. 문지방이 흔들릴 정도로 퍼부어대는 불같은 성깔이 있는 반면, 선명한 성격이기에 마음을 정하면 변심하지 않는 장점도 있는 거다.

사람 성품은 타고 난다고 한다. 그중엔 부모로부터 유전되는 부정적인 기질도 있으리라. '프로이트'는 정신분석 이론에서 양육자가 아이에게 끼치는 영향과 환경에 따라 부정적인 부분도 긍정적으로 진화한다고 했다. 하지만 타고난 기질은 죽는 순간까지 내재한다는 말도 했다. 이몽룡이 춘향의 불같은 성격을 먼저 보았다면 춘향전은 다르게 써나갔을 것이다. 그녀의 단점은 숨겨지고 사락

사락 치맛자락 날리며 그네 뛰는 모습을 먼저 보았기에 광한루 사랑이 이루어졌지 않았을까. 그러고 보니 나에게 내재한 부정적인 성깔도 남편과 연애할 때 보이지 않고 숨어있었다는 건 얼마나 다행스러운 일인가. 아이는 울음을 그치고 천진하게 웃는다. 춘향이처럼 곱고 아리땁지도 않건만 나의 단점을 모르고 결혼해준 남편이 아이를 보며 웃고 있다.

지구를 도는 달처럼

그날 저녁, 나는 하늘을 올려다보고 있었다. 36년 만에 천체 우주 대향연 개기일식이 펼쳐질 것이라고 방송에서 카운트다운에 들어갔기에, 대단한 광경을 목격할 것 같은 기대감으로 설레기까지 했다. 그런데, '이게 뭐야?' 할 정도로 잠시 어둑했던 것 외에 평소와 별다름을 체험하지 못했다. TV방송이 아니었으면, 흔히 있는 일처럼 비가 쏟아지려고 캄캄한가? 하고 무심히 지나쳤을 거다.

알고 보니 러시아 몽고 등과는 달리, 지리적으로 우리나라는 개기일식을 볼 수 없는 곳이란다. 개기일식은 지역적으로 보이는 것이 다르고, 우리나라에서는 부분일식만 볼 수 있다는 거다. 그러고 보니 대부분의 신문 기사들이 헤드라인에는 개기일식이라고 표기했어도, 세부내용에는 개기일식이라는 표현은 없고 부분일식이라는 표현들만 있다.

나는 무엇을 기대했던 걸까. 말 잘 듣는 아이처럼 TV를 시청하다 말고 밖으로 달려 나가서는 언제쯤 개기일식이 펼쳐질까 하고 두리번거리면서 하늘을 올려다보는 꼴이라니…. 극한 무식의 소치가 아닐 수 없다. 집으로 들어와 TV를 켜니 전문가들이 촬영한 우주 대향연 천체 쇼를 실감나게 편집하여 파노라마로 보여준다. 지구 저쪽에서 방금 촬영한 것을 안방에 앉아서 구경하다니 기막힌 세상이다.

천체 운행에 대해 학자들은 과학적으로 설명을 하고, 누구는 개기일식을 두고 해를 조금씩 갉아 먹는 달의 반란이요, 공격이라고 문학적인 표현을 한다. 나도 나만의 해석을 해본다. 해와 달, 지구, 셋이 한 줄로 펼치는 우주 쇼를 뭐라 표현할까. 수많은 별들 중 하나인 작은 달이 자신보다 사백 배나 큰 해를 어찌 감히 먹겠나. 차라리 태양의 너그러움이라면 모를까. 오랜 세월 지구만 보고 돌던 달이 마침내 해를 향하여 정면으로 나서자 넌지시 한번쯤 먹혀주는, 넉넉한 자의 여유라면 모를까.

달의 춤이다! 세상의 모든 아름다움을 모은 춤사위가 아니고야 몸짓과 유희가 어찌 저리 찬란할 수 있단 말인가. 달은 지구를 보며 돌고, 지구는 태양을 보고 돌다 오늘은 한 줄로 서서 사랑이라도 하는가 보다. 달이여, 얼마나 지구를 간절히 사모하면서 긴 세월 돌고 돌았으면 글쎄 태양을 가리었느뇨. 지구여, 달의 몸짓 좀 보시게나. 주구장창 태양만 바라볼 게 아니라 과감히 태양과 맞선 달을 좀 생각해 주시게. 태양을 어찌 흠모하지 않으랴마는, 위엄과 존영을 갖추고, 붉은 홍염으로 호위 받으며, 코로나 띠까지 두른 그 광채를 어찌 사모하지 않으랴마는….

또한 TV로 보여주는 우주 대향연은 중국 영화 장면들을 떠올리게도 했다. 그 시점에서 엉뚱하게 중국 영화라니, 중국 영화는 서양 영화들과 달리 공간과 대륙을 잇는 몽환적 특별함이 있어서 일까. 딱히 뭐라 표현하기는 힘들지만 범접할 수 없는 영역이라는 통상적인 나의 관념을 유지하고 싶은 순수 같은 것이라고나 할까.

사람이 자유자재로 날아다니고 상식을 초월하는 신출귀몰한 장면을 볼 때마다 아직도 나는 모호한 신비감에 빠져들곤 한다. 극도의 앙각촬영 등을 이용하여 영화산업 기술이 빚어낸 시각예술 효과인줄 뻔히 알면서도 속아 심취하곤 한다.

어쩌면 어떤 뛰어 넘음 같은 신비를 인정하고 싶은 고집 같은 건지도 모르겠다. 그리고 한 줄 사랑하기를 좋아하는 사람들 속성에 대해서도 생각해 보았다. 오로지 자신만 바라보고 있는 이는 외면한 채 앞에 있는 이의 등을 보며 애달파 하니 어쩌면 좋단 말인가.

광활한 우주에 홀로 서있는 것 같은 그 쓸쓸한 경험을 해 본적 있으신가. 태양 같은 그의 등을 보며 짝사랑하면서 무시로 설렜던 내 젊은 날 순수도 생각났다. 사람의 등을 오래 보는 일은 쓸쓸한 일이다. 그 외로움은 나와 신만이 아는 감정으로 연모의 대상자 외에는 다른 누구와도 나눌 수 없는 일이다. 벗어나고 싶어도 벗어날 수도 없는 고독한 일이다. 하지만, 도달할 수 없는 영역에 있는 누군가를 흠모하면서 상대적으로 한없이 초라하고 작은 나를 촘촘히 의식해 보는 일은 자신을 성장시키는 어여쁜 일이다. 그런 사랑을 하는 이들이 대부분 그러하듯이, 나 역시 지금의 남편을 짝사랑 하는 일을 당시에 부정하거나 자존심 상해하지 않았다.

은하계의 무수한 행성들과 광활한 천체가 태양을 중심으로 운행하듯, 그는 사람들 중심에서 늘 빛났었다. 적어도 내 관점에서는 부러워할 만한 인품과 조건을 갖추고 태양처럼 흠모할만한 매력이 넘쳐났었다. 그가 볼일이 있어 고향에 간다고 말한 그날 나는 실제로 '오 나의 태양이여!' 하고 시작하는 편지를 보낸 적이 있다.

　'오늘 부강 하늘은 태양이 구름 뒤에 숨어 버렸습니다. 하늘에는 새 한 마리 날지 않고 텅 비었습니다.' 라는 내용도 함께 담아 우체통에 넣었었다. 용기 내어 태양을 향해 정면으로 나선 그저 달의 기백 같은 건 생각지도 않았다. 달이 지구를 돌 듯 그를 품고 그의 주변을 맴돌기만 했었다. 돌아올 수 없는 내 젊은 날의 순수여….

지음知音

깊은 산속에 높은 바위가 있다. 그 바위 위에서 한 사람이 방랑하는 기색으로 쓸쓸히 앉아 거문고를 뜯는 장면을 상상해 보시라. 맑디맑은 가락이 하늘로 울려 퍼진다. 그때 한 나무꾼이 나무를 해오다가 나뭇짐을 받쳐놓고 바위 뒤에 누워 쉬고 있었다. 그러다가 마침 들려오는 거문고 소리에 그만 빠져 숨어서 듣게 되었다. 못내 참지 못할 설움이라도 있는가. 흐르는 가락이 자신의 처지처럼 처연하기가 그지없다. 나무꾼의 마음도 거문고 소리처럼 슬퍼진다.

연주자가 음악 장르를 바꾸었다. 지그시 눈을 감더니 달빛을 생각하면서 거문고를 뜯었다. "휘영청 달이 밝군요!" 감상하던 나무꾼이 외쳤다. 연주자는 고민이 많아 지나치게 여러 날 시름에 젖다 보니 환청인가 하여 개의치 않고 줄을 가다듬었다. 이번에는 연주자가 드넓은 바다를 연상하면서 아끼는 자신의 수작 수선조水仙操를 뜯었다. 그랬더니 "도도한 파도가 바람에 휘말려 넘실거리며 흘러가는군요!" 하는 소리가 들리는 것이 아닌가. 신기하여 두리번거렸으나 아무도 없었다. 이번에는 자신의 금곡琴曲인 천풍조天風操를 뜯었다. 그랬더니 "장엄하고 아름답기가 그지없군요. 가슴속에는 해와 달을 거두어들이고 발아래는 무수한 별 무리를 밟고 서 있군요. 높으나 높은 상상봉에 의연하고 도저하게 서있군요." 하고 말하면서 나무꾼이 다가왔다. 자신의 음악을 알아줌에 감격한 그는 그와 의형제를 맺었다.

중국 진나라 정치가 여불위의 사론서 '여씨춘추'에 나오는 '백아와 종자기' 설화를 각색해 보았다. 작가 연대 미상인 이 설화에서 그 후 두 사람 간에 깊은 영혼의 교류가 이어졌다고 전해져 내려온다. 그러다 종자기가 세상을 떠나자 상실감에 빠진 백아는 무덤 앞에서 마지막 곡을 연주한 뒤, 거문고 줄을 끊어버리고는 다시는 연주를 하지 않았단다. 이것이 백아절현伯牙絶絃이란 고사가 생긴 유래이다. 지금도 서로의 속마음까지 알아주는 친구를 일컬어 지음知音이란 말을 쓰고 있다.

음악을 듣는 참된 경지에 올라 연주자와 하나가 되어 교감하던 '종자기'란 사람은 어떤 사람이었을까. 글을 깨우친 지식인이었을까? 나무꾼으로 등장하였으니 학식이나 명예 같은 건 얻지 못한 사람일 가능성이 크다. 반면 백아는 거문고를 타는 실력이 얼마나 탁월했던지 금琴소리가 퍼지니 풀을 뜯던 말 여섯 필이 일제히 고개를 들고 듣더라는 기록이 있고, 봉작이란 작위도 받았다고 전해진다. 그럼에도 그들은 신분을 넘어 진실한 지음知音의 정을 나누었다고 한다.

종자기를 만나기 전에 백아는 최악의 상황이었을 게다. 자신을 키워준 스승의 죽음으로 빠진 상실감, 자신의 음악 실력을 알아주지 않는 현실, 관료들과 놀아나는 기생들의 음악이 판을 치는 시국에 화가나 산속으로 들어갔다고 하니 그 쓸쓸함이 얼마나 클지 짐작이 된다. 속세를 떠나 강을 따라 배를 저어가는 그를 상상해본다. 언덕 위에는 가랑잎이 지고, 갈대꽃이 만발하니 고독한 나그네 수심에 젖어 있다. 그러나 종자기를 만난 뒤, 적막한 강기슭에 살아도 자신을 알아주는 단 한사람으로 인하여 행복하여라. 꽃을 생각하며 거문고를 뜯으면 친구가 꽃을 말했고 동물을 생각하면 동물을 말하니, 하늘이 내린 지음知音 관계가 아니겠는가. 어찌 더 이상 주고받을 말이 필요할까. 서로를 느끼고 교감하는 오직 한 사람을 만났으니….

그대의 가슴에 떠오르는 것은 곧 내 마음 그대로 일세 그대 앞에 서 거문고를 켜면 금琴처럼 진동하는 내 맘을 숨길 수가 없다네.

백아가 아니어도 이렇게 말할법하잖은가. 옛사람 그 둘은 동성이었을까 이성이었을까. 백아가 지극히 마음을 주었던 '종자기'는 나무꾼이니 남성일 가능성이 있고, 백아는 기품 있는 기녀였을 거라 주장하는 설도 있어 더욱 흥미롭다. 동성이면 어떠하며 이성이면 또 어떠하리. 그 둘은 이미 말이 필요 없는 연인보다 깊은 사이, 마음을 담아 걱정해주며 바라보는 사이였던 것을.

진실한 눈빛만으로도 고단한 마음이 녹아지는 그런 사람이 곁에 있다면 축복이겠다. 나를 일으켜 세우고 나를 앞으로 나가게 하는 사람, 나를 알아주는 그 한사람으로 인해 삶의 의미를 찾고 빈 가슴을 채우게 될 거다. 같은 땅에서 숨 쉬고 있다는 사실만으로도 가슴이 따뜻해지며 늘 그리운 사람, 서로의 지음知音이 되어 어느덧 서로의 약점까지 사랑하게 될 그 한 사람…. 거문고가 아니면 어떤가. 어떤 매개체든 연결되어 지음知音이 되는 그 한 사람이 있다면 매일매일 충만할 거다.

혼자 객쩍다

그들의 고향은 나뭇가지 끝이다. 세상을 붉게 물들이며 가지마다 감들을 가득 달고 서있는 풍경은 한편의 시詩다. 들판이나 낮은 산, 단아한 주택정원에서 환하게 홍등을 밝혀서 보는 이들로 하여금 시인이 되게 한다. 그들 재주는 묘하기도 하다. 아슬아슬 높은 하늘정원에서 대롱대롱 그네를 잘도 탄다. 또한 나무는 착하기도 하다. 감들을 세상에 내고 살뜰히 키워 우리에게 돌려준다. 만물의 우두머리인 인간들 삶에 한낱 과일인 그들 생애를 어찌 비교할까마는 그들 공중곡예 실력만큼은 흉내 낼 수 없다. 세찬 비바람 아랑곳 않고 자란 그들을 볼라치면 인간인 내가 감탄하지 않을 수 없다.

일찍 낙과하여 부서져버린 놈들을 보면 마음이 쓰리다. 너는 감인 주제에 어쩌자고 꿈을 그리도 성급하게 키웠더란 말이냐. 부드럽게 쓰다듬어주는 햇살과, 이따금 바람 날개가 흔들어주는 놀이로는 부족했더란 말이냐? 밤이면 달님이 찾아오고, 잘잘잘 별들 속삭임으로는 채워지지 않았더란 말이냐? 어디까지 오르려 했니. 공중에 살면서 더 높이 더 높이 오르려다 떨어져 박살이 나다니 안타깝기 그지없구나. 마침하게 자라 가지에서 맘껏 행복을 누리다 때가 되어 동무들과 세상으로 같이 가면 좋을 걸 그랬구나.

어느 가을 날, 시詩들이 우르르 내 집으로 내려왔다. 묵직한 감 상자를 풀어헤쳤다. 가지런히 열을 맞춘 주홍 감들이 수줍은 듯 웃는다. 열하나, 열둘, 서른 셋, 여든 아홉…. 상자에 담긴 은혜가 백네 알이다. 어디로부터 내려오신 주홍 별들이신가. 생김새와 크기가 똑 고른 것으로 보아 한 나무에서 같이 왔을 가능성이 크다. 침시 담글 양의 감을 남겨두고, 베란다에 신문지를 깔고 늘어놓았다. 낙엽이 떨어지고 눈이 내릴 때쯤엔, 주홍빛이라지만 지금은 노랑에 가까운 탁한 놈들이 일몰하는 태양처럼 말갛게 익어가겠지. 감들의 안부가 궁금한 나는 무시로 베란다를 내다보는 습관이 생기겠지….

첫눈이 올 때쯤의 어느 날, 커피 향을 마시며 익어가는 감을 내다 보는 나를 상상해본다. 정을 담으면 사물 자체가 시가 되듯, 나는 한 알 한 알에 담긴 감들의 사연에 취하고 흥건한 언어에 취해있다. 도란대는 그들의 이야기가 시가 되어 내 안으로 녹아든다. 그러다 못내 참지 못하고 말간 홍시 하나를 두 손으로 받쳐 들곤 묵직한 무게를 느껴본다. 그리곤 말랑말랑 아기살 같은 감을 가만히 볼에 대본다. 주방으로 옮겨 하얀 접시에 담아 린넨 식탁보에 올려놓곤, 장렬한 감의 전사를 위해 기도를 올린다.

감을 먹는다…. 달콤한 향이 입 안 가득 번진다. 오물오물 혀를 굴려 감 씨를 발라낸다. 사람으로 치면 은밀히 숨겨둔 마음 같은 곳이라고나 할까. 씨를 감쌌던 부분의 부드럽고 찰진 살맛을 느낀다. 그렇게 나는 겨우내 시를 읊을 거다.

남겨두었던 감으로 침시를 담그려고 친구에게 자문을 구했다. "소주라고 다 같은 게 아녀, 25도, 뚜껑이 빨간색이라야 해, 꼭지를 들고 살짝살짝 적시기만 하면 되니 반병이면 충분할 거야." 친구가 하는 말이다. 감의 고장 영동 남자에게 시집가서 영동 댁이 된 그녀는 내 어머니가 해주셨던 소금물을 끓여 붓는 방법이 아닌, 소주로 담그는 새로운 방법을 일러준다.

소주 한 병을 사다 대접에 쏟았다. 퐁당퐁당 담갔다 얼른얼른 꺼냈다. 소주 침례를 마친 감들을 김장 비닐봉지로 옮겨 놓았다. 공기 차단이 관건인지라 단단히 밀봉하여 45도 정도 따끈한 전기장판에 묻어두라고 조언한 친구 말을 떠올리며 그대로 했다. 이제 만하루가 지나면 먹어도 된단다.

이튿날, 감 하나를 꺼내 빼져 먹어보니 떫은맛이 감쪽같이 사라졌다. 아삭아삭한 식감이 가히 최고다. 자연은 내어주고, 누군가의 수고와 땀의 결실이 있었기에 오늘 누리는 은혜다. 은혜라고 표현함은, 감하나 먹기까지 나는 아무 한일이 없어서다. 있다면 여린 감들에게 독한 알코올을 침투시켜서 억지로 탈삽하는 일을 했구나. 꽁꽁 밀봉당하여 공기한 점 없는 캄캄한 이불 속에서 밤낮 하루가 넘도록 떫은맛을 토해냈을 놈들의 신세라니…. 이런, 얼른 먹을 생각만 했지 감의 입장은 고려하지 않았다. 베란다에서 오순도순 자신들의 이야기를 만들며 스스로 익어가게 둘 걸 그랬나보다. 이거야 말로 이기심의 발로發露요, 감에게 무안한 일이 아닐까 싶다.

사람이여, 무안이라니 당치 않소. 그거야 떫은맛을 우려내고자 함 이었잖소. 우리에게 꿈이 있다면 온전한 모습으로 그대들에게 가는 것 이었기에, 뭇 새들의 부리를 피하려면 떫은맛으로 결결이 무장을 해야만 했다오. 세찬 비바람과 맞서며 긴 여름을 견디고 단단하게 자람도, 전부를 주고자함 이었다오. 어차피 바쳐질 제물이거늘, 침시로 먹든 홍시로 먹든 무에 상관이리요. 우린 그저 감일 뿐이외다. 자연의 섭리대로 열매를 내는 우리 풍경을 시詩라고 노래한 것도, 바람에 떨어져 깨진 것을 보고 안타까워한 것도, 절로 익어가게 가만히 둘 걸 기다리지 못했다고 호들갑떠는 것도 그대이더이다.

그리고 보니 감은 그저 감인 걸⋯. 혼자 객쩍었다.

그리움의 끝

　한 사진동호회 전시회 초청장을 보다가 '충북의 사라져가는 것들' 이란 주제 문장에 시선이 머문다. 갑자기 뭉클했다. 이번에는 사라져가는 것들을 촬영한 작품들을 전시하는가 보다. 사라져간다는 문장에 감정의 파문이 이는 건, 내게도 못내 놓아지지 않는 사라진 것들을 그리워하는 마음이 있어서 일게다. 내게 그리움은 무얼까. 늘 있으나 없는 것, 모양도 형체도 없으나 너무나 또렷한 실체, 만져지지 않으나 그 말만으로도 영혼의 팔레트가 펼쳐지는 아릿한 것, 내게 그리움은 그런 것들이다.

　내 그리움의 끝에는 늘 사람이 있다. 그 끝에 있는 사람을 만나러 가는 일은, 이미 놓인 물건 위에 무엇인가를 또 쌓아 놓는 일처럼 꼬리를 물고 나온 기억들을 자꾸만 포개는 일이다. 비가 오면 우산도 없이 뼛속까지 젖도록 비를 맞으며 고향 강변을 걷던 젊은 날의 치기가 떠오른다. 그런 날은 그 기억을 붙잡아 찻잔 위에 얹고서 커피를 마신다. 눈이 오면 눈싸움하던 어린 시절 추억이 떠오른다. 하얀 추억 한 자락을 잡아 건반 위에 올려놓고 피아노를 연주한다. 그런 날의 정서는 팽창한 현이 되어 천상을 난다. 이미 길어 올린 기억의 실타래 위에 세월이 가도 빛이 바래지지 않는 투명한 현상들이 건반에 포개지면서 못내 그리운 이를 만나게 된다.

어느 날 문득 찾아온 손님처럼 한가로움이 주어지면 산책을 한다. 그런 날은 잠시 머물다간 풍경임에도 내내 그 속을 떠나지 못하던 곳을 향하여 페달을 밟는다. 어깨 위에는 햇살을 얹고 발등에는 운동화를 비집는 덤불 감촉을 얹고 걷는다. 잘록한 허리처럼 굽었던 그길 위로 여지없이 떠오르는 내 고향 오솔길이 포개진다. 그리고 그 애 얼굴이 오버랩 된다. 엄마 심부름 가던 조붓한 그 길에서 볼이 빨갛던 그 애를 만났었지. 우연히 만났을 뿐인데 나를 보고는 급히 달아나는 바람에 나도 놀랐었지…. 어딘가에서 나처럼 나이 들어가고 있을 그 소년을 그렇게 만난다.

자주 가는 '오래된 음악 찻집'에는 오래된 음악이 있고 오래된 풍금이 있다. 전설처럼 놓인 풍금을 볼 때마다 한 풍경이 떠오른다. 음악수업을 마친 옆 교실에서 풍금을 운반해오던 남자아이들이 보인다. 미끄러지는 LP판 선율에 개미떼처럼 풍금에 매달려 총총 움직이던 그 풍경을 얹는다. 그럴라치면 건반에서 춤추던 선생님 손가락이 흐느적거리는 LP판 위에 포개진다. 그런 날은 찻집에 머무는 내내 정서에 달이 뜬다. 마주 앉은 이들 미소에도, 말소리에도 선생님 노래 소리가 겹쳐진다.

독일 '퀠하임'에 갔을 때였다. 도나우 강이 흐르는 그곳에서 아침 일찍 잠이 깼었다. 약간 정도 결핍의 정서를 즐기며 호텔 주변을 산책했다. 그때, 뎅그렁뎅그렁 예배당 종이 울리는 게 아닌가. 그들은 시도 때도 없이 종을 친단다. 종소리가 싫으면 그곳에 살지 말라는 말이 있을 정도란다. 소음이라고 우리나라에서는 사라진 저 소리, 아직도 꿈결에 있는 종소리를 이국땅에서 들으며 걷노라니 내 고향 교회 종탑 풍경이 떠올랐다. 그리고 종탑 아래서 공깃돌 놀이하던 옛 친구 얼굴이 포개졌다.

불현듯 그리움의 끝에 있는 사람들을 그리며 추억의 장소를 찾아간 적이 있었다. 표랑 의식에 조응하며 추억에 화답하는 파란 물빛 시詩를 써보며 걸어 볼까나…. 그런데 가르마처럼 조붓한 오솔길이 사라졌다. 얼굴 붉히며 달아나던 소년을 만났던 그곳엔 군수물자 창고가 들어와 있었다. 금강을 뒤로하고 서있는 예배당은 리모델링하여 옛 모습이 아니었다. 아직도 꿈결에는 종소리가 있는데 종탑이 사라졌다.

강변에서 주워온 공깃돌들을 종탑아래 풀어 놓고 온종일 함께 놀던 목사님 딸 은주는 어디로 갔을까. 선생님 노래 소리는 아직도 생생한데 풍금소리 퍼지던 학교 교실은 현대식 건물로 바뀌었다. 알록달록 동화 속의 집처럼 새로 지은 강당에는 피아노가 덩그러니 놓여있다. 잔디 사이로 둥글게 난 시멘트 길로 꼬마들이 롤러스케이트를 밀며 재잘재잘 미래에 그리워할 추억을 쓰고 있었다.

시간이 끝이 없듯 그리움도 끝이 없다. 하지만 그리움 끝에 있는 사람을 만나러 가는 일은 행복이다. 호수를 그리워하는 날은, 호수를 감싸 안은 채 늘어서 있는 산에 그 고요함이 겹쳐진다. 그리고 젊은 날 호숫가를 거닐던 사람을 만나고야 만다. 산을 보면 산만큼이나 부풀어 오른 마음에 계곡과 폭포가 포개지면서 함께 산을 오르던 사람을 만난다. 흘러가게 둔 추억들은 얼마나 야성적이던가. 사라졌으나 늘 있는 나의 추억들은 정제되지 않은 순수다. 그리움에 간격을 두기만 한다면, 가끔씩 꺼내어 기억의 봄을 뜨으며 그 끝에 있는 사람을 만나러 가는 일은 축복이다.

출렁출렁

우수를 하루 앞둔 그날, 하늘은 명랑하고 뭉게구름이 방실방실 했다. 어디론가 표연히 떠나지 않고는 견딜 수 없을 것 같은 날이었다. 같은 취미를 가진 사람들이 공동체 안에서 만나 같은 방향을 보며 가던 중, 함께 바다를 향하여 나섰다. 일상을 벗어난다는 것만으로도 좋으련만 좋은 사람들과 1박 이라니, 설렘 이백 프로 충전이다. 어색했던 사람들도 1박을 하다보면 세대를 넘고 성별을 넘어 어우러지려니….

살다보면 그런 날이 있다. 무슨 일이든 다 일어날 것 같고 무엇이든 다 용납 될 것처럼 풀어지고 싶은 날이 있다. 오늘야말로 바로 그런 날이 아닐까. 달리는 봉고차가 출렁인다. 나이야 가라, 오늘은 내가 주인공이다! 시간이 정지한 소년소녀들 가슴도 출렁인다. 차체 움직임을 따라 이쪽저쪽으로 쏠릴 때마다 옆에 있는 사람 체온을 느낀다. 우리는 그렇게 설피살피 탐색하며 조금씩 서로에게 다가간다. 가끔 복사꽃이 터지듯 청량한 웃음소리가 차안에 번진다.

우리 일행은 숙소에 여장을 풀고 일몰을 보러 바다로 나갔다. 겨울의 끝자락인지라 머리를 흐트러뜨리는 바람이 그리 매섭지는 않다. 서리서리 멍석처럼 말려오는 하얀 파도에 내 마음도 하얗게 물이 든다. 파도야 날더러 어쩌란 말이냐. 오늘만큼은 일상이라는 평면 안에 시치미 떼고 숨어 사는 무수한 돌기들을 끄집어내어 훌훌 털어 버리는 거다. 꺼질 듯이 깜박이는 어둡고 밋밋한 삶의 화소畵素들에 불을 밝히고 두근대며 밤을 지새워 보자. 그렇게 어우렁더우렁 하나가 되어 일렁이는 파도처럼 맘껏 한번 출렁거려 보는 거다.

잠시 뒤면 시작될 빛 내림을 기다리면서 삼삼오오 손을 잡고 걸었다. 어깨를 나란히 하고 앞서 걷는 이들도, 바다로 더 가까이 더 가까이 나가는 이들도 모두가 한 편의 시 같은 풍경이다. 저녁 해가 쏟아지는 성긴 갯벌 위로 바다 새들이 중중거리며 무리지어 걷다 날다 반복한다. 어디가 하늘이고 어디가 바다인가. 멀리 덴섬덴섬 떠있는 섬들이 하늘과 수평선을 가늠하게 한다.

저만치 홀로 걷는 사람이 보인다. 마음의 성벽에 조금치의 틈새도 용납하지 못하여 혹시 추워하는 사람은 아닐까. 새로운 세상으로 선뜻 발을 들여 놓지 못하고 쭈뼛거리던 예전의 나를 본다. 내가 처음 이 동아리에 왔을 때였다. 그때까지 속해있던 세상이 오래된 나무 밑둥처럼 너무 견고해서 였을까. 나는 새롭게 다가온 세상을 카메라 조리개로 들여다보듯 살피면서 이방인이 되어 주춤거렸다. 그때 먼저 다가와 손 내밀어 준 그녀가 아니었다면 오늘의 내가 어찌 있으랴. 사람이여, 사람이여, 오늘은 내가 바다 하리니 한 바다가 되어 함께 출렁거려 보시게나.

드디어 바다와 태양이 펼치는 일몰이 시작됐다. 하늘을 온통 노란색과 붉은색으로 붓 칠하면서 거대한 자연 무대가 서서히 열린다. 점점이 떠있는 구름 뒤에서 해는 노랑 붉음 뿐 아니라 여러 빛깔을 만든다. 태양에도 이처럼 다양한 색깔이 있다는 것을 새삼 느낀다. 사람들은 탄성을 지르며 바다를 주시하고 있다. 여기저기서 카메라 셔터를 누르는 어긋난 리듬 소리가 정적을 깬다. 해는 늦가을 홍시 같은 다홍빛으로 수면을 물들이며 슬그머니 바다에 몸을 내려놓았다. 해를 품은 바다는 수면 위에 길쭉한 불기둥을 만들며 별처럼 반짝이고…. 나도 따라 출렁인다.

빛 내림 막이 내렸다. 흑백 수묵화로 변한 바다와 섬들이 실루엣을 만들 때쯤, 우린 또 하나의 추억을 쓰러 숙소로 들어갔다. 요술 손가락 사이로 튕겨 나오는 누군가의 기타 소리에 취하고 사람들에 취하여 출렁거렸다. 노래하며 웃다 엎드려 뒹굴고, 작은 상품에 목숨 건 사람들처럼 빙고게임에 심취하였다. 그러다 불 꺼진 공연장처럼 하나둘 각자 숙소로 들어가는데 어찌자고 출렁임을 멈출 수 없는 겐가. 생애 다시 오지 않을 마지막 밤인 양 마지막 사랑인 양 출렁이니 어쩌란 말인가.

피곤한 이들은 각자 방에서 잠이 들고 몇몇은 수평선 너머에서 쉬지 않고 달려오는 먹 빛 같은 바다를 만나러 나갔다. 언젠가는 검은 해안을 거닐며 출렁이던 오늘의 몸짓들이 잊혀 질 날이 온다하여도, '눈물을 구슬같이 알고 지리라' 했던 옛 시조 한 가락처럼 이 순간만큼은 밤물결처럼 맘껏 출렁이며 살고 지리라. 그날 밤, 우리는 출렁출렁 흔들리는 가쁜 숨을 나누며 걸었다. 밤 깊도록 우리의 이야기들이 검은 해안의 모래톱처럼 각자의 가슴속에 추억의 언덕을 이루며 쌓이고 있었다.

그리고…
다시 부르는
나의 노래

엇박자 노래(제20회 동양일보 신춘문예 당선작)

  따딩~띵, 따당~땅, 왼손으로 건반을 타선하며 오른손은 햄머로
조율 핀을 조여 간다. 혼을 모아 공중에 흩어지는 맥놀이들을 잡아
동음 시킨 뒤, 현들을 표준음에 맞춘다. 엇박자로 두들겨 생기는
맥놀이들과 기억 저편에서 들려오는 아련한 노래 소리들과 겹쳐진
다. 들린다…. 그리운 가락들이 들려온다. 아! 오래전에 돌아가신
어머니가 부르시던 엇박자 가락들이다.

  비가 오거나 눈이 오거나 몸이 아파 어머니가 몹시 그리운 날은
더욱 선명하게 들리던 소리들이다. 영혼 깊은 곳에서 울려나오는
그윽하고 정겨운 가락들, 끊어질 듯 말 듯 이어지던 소리들…. 사
무치는 그리움으로 조율하던 손을 멈추고, 어머니 손바닥처럼 뻣
뻣하고 거칠거칠한 현들을 쓰다듬었다.

  현이 파르르 떤다. 두들겨 맞고 또 맞아서 건들기만 해도 우는 피아
노현, 이리저리 뒤엉킨 어머니 심사처럼 운다. 제각각 다른 소리로 아
우성치며 진동하는 현들을 달래가면서 조율한다. 존재한다는 건 맞

고 조이는 고통인 거라고 어른다. 세상과 불협화음으로 밖으로 돌던 아버지, 윙윙 우는 현처럼 터지는 울음을 속으로 삭이며 기다리고 기다리던 공명共鳴의 세월, 어머니의 시간들은 엇박자 세월이었다.

어머니는 새벽마다 성글은 무릎뼈에 가만히 스며든 통증을 끌어안고 꼭꼭 주무르셨다. 잘바~닥, 잘바~닥, 아픈 다리를 끌고 일어나 집안일을 하시며 새벽을 여는 어머니 걸음걸이 소리, 엇박자 그 소리에 가슴이 뻐근해진다. 좋은 의술 한번 못 써보고 엇박자로 걸으셨던 어머니…. 철없던 나는 얼른 일어나 일을 도와드리지 못하고 그 소리가 듣기 싫어서 이불을 뒤집어쓰곤 했다.

어릴 적에 고동색 담쟁이 바구니를 들고 밭에 가시는 어머니를 따라갈 때면 후르~쫑 후르~쫑 이산 저산서 새들이 울어댔다. 어머니는 노래를 부르며 뽕잎을 따셨고, 나는 입언저리가 거무스름하도록 오디를 따먹었다. 새들 노래도 어머니가 부르는 노래도 모두 엇박자였다. 어머니 마음을 담아 표현했던 가락에 어린 나의 장래를 축복하는 가사를 실어 부르실 때는 마치 성수가 머리에 뿌려지는 듯 했었다.

어머니의 삶은 온통 엇박자였다. 배고픈 이를 먹여주고 재워주면 이튿날 쓸 만한 물건을 가지고 사라졌고 푼푼이 모은 곗돈은 계주에게 뜯겼으며, 선의를 베푼 이에겐 사기를 당했다. 한 박자 늦게 세상을 따라 가면서도 불쌍한 사람들을 거두는 어머니가 야속했다. 어머니는 사람을 원망하는 대신 자식들의 복을 빌면서 기다림의 소망을 엇박자 가락에 노래로 싣곤 하셨다.

열일곱 살에 시집오셔서 육남매를 낳아 기르신 어머니는, 외할머니가 그리우면 노래를 부르셨다고 말씀하셨다. 어머니 노래 소리들은 어디서 그렇게 끊임없이 흘러나오던지, 서로 합쳐졌다 다시 흘러가는 강줄기 같았다. 밭 맬 때에 노래 부르면서 일하면 여름 날 길고 긴 밭고랑이 어느새 지나더라고 말씀하시기도 했다. 장에 가신 아버지가 들어오시지 않는 날도 아이를 업고 노래를 부르셨단다. 어머니는 노래로 마음을 다스리는 묘리를 터득하셨나보다.

어머니는 악부를 모르셨다. 콩나물처럼 생긴 음표 꼬리 옆에 점을 찍었느냐 안 찍었느냐에 따라 음길이가 변한다는 이론 같은 건 모르셨다. 그것이 오선의 줄에 있는지 칸에 있는지에 따라 음의 높낮이가 달라지는 규칙을 모르고 한세상을 사셨다. 어머니는 발성법이나 악기도 모르셨다. 그저 복청 자체가 악기였고 노랫말은 만들어 부르셨다. 같은 노래라도 어느 사람이 부르면 비장미悲壯美가 느껴지고 어느 사람이 부르면 온유미溫柔美가 느껴지는 법, 어머니의 노래들은 회한이 서린 조금은 슬프게 이어지는 엇박자 노래가 대부분이었다.

개인이 가진 사상이 뿌리라면 노래는 꽃이라고나 할까. 뿌리의 종류에 따라 각기 다른 꽃을 피워내듯이, 사람들은 각양각색 노래들을 토하면서 산다. 어머니가 부르시던 엇박자 노래들은 생각의 뿌리에, 인내라는 자양분을 주어 감정을 다스리고 피워내는 언어였고, 삶을 표현하는 꽃이었다. 어머니 노래는 장엄한 미사곡처럼 다듬어지진 아니했었다. 그러나 마음을 닦는 의식이었고, 그리움을 풀어내고 괴로움을 달래어 소망을 부르는 통로였다.

어머니 노래들이 그립다. 어머니가 그립다. 급하지도 그리 느리지도 않았던 정겨운 엇박자 가락들이 몹시 그립다. 어머니 노래들을 찾아야겠다. 조율을 마치고 돌아와 오선지에 소리들을 따라가며 음표를 그려나갔다. 약간 슬프게 넘어가는 소리들이었으니 서정적인 단조 가락이어야 하리. 박자는 조금 느린 팔분의 육의 엇박자로 했다. 음표들이 모아져 동기와 악절을 이룬다.

곡조에 노랫말들을 실어 불러보니 소중한 보물을 찾은 것 같다. 따아~띠, 따아~띠, 어머니가 부르시던 엇박자 가락을 건반 위에 올린 손가락에 맡기니 흥이 나면서 어깨가 절로 들썩거려진다. 멜로디는 건반 위에서 포물선을 그리며 파도를 타듯 넘나든다. 너울너울 날갯짓하며 둥지를 찾아가는 저녁 새무리 풍경처럼 평화롭다. 후르~쭝, 후르~쭝, 잘바~닥, 잘바~닥… ♪ ♪ 엇박자 가락들은 시공을 초월하여 어머니와 나를 하나로 묶는다. 환희! 엇박자 노래들을 악보로 찾은 느낌은 환희였다.

돌아보면 나의 삶도 엇박자다. 찹찹 잘 맞아 돌아가는 비바체나 감미로운 삼박자 왈츠가 아닌, 엇박자로 따라가고 있다. 세상과 일치한 박자를 맞추는 곳에 가치를 두어보았을 때, 그것들은 끝내 이루어낼 수 없는 인내를 가장한 신기루 같은 거였다. 운명인 듯 체념하는 걸 인정하고 싶지 않아 비바체나 왈츠 호흡을 추구할수록 상흔과 균열만 남곤 했다.

산다는 건 결코 비루하지도 그다지 고풍스럽지도 않은 엇박자, 발품을 팔면서 한 박자 늦게 철지난 옷을 찾아다니며 고르는 것과 같은 것이 아닐까. 어머니가 사셨던 엇박자 삶은 체념이 아니고 터득이셨음을 깨닫는다. 잘바~닥, 잘바~닥, 엇박자로 걸으며 따라가는 것이 삶이라면 어머니처럼 흥을 담고서 가리라.

잉어

70년대 초에, 박꽃 같은 피부를 가진 아가씨와 건장한 시골 청년이 만났다. 어느 날 두 사람은 금물결이 반짝이는 금강 백사장을 걷고 있었다. 가진 것 없고, 배운 것은 짧지만 몸은 건강하니 결혼하자고 청년이 말했다. 그랬더니 큰 오라버니 아시면 맞아 죽는다고 아가씨가 고개를 살래살래 흔들었다.

그러자 청년은 갑자기 강물 속으로 풍덩 뛰어 들었다. 아가씨는 발을 구르며 엉엉 울었다. 그런데 잠시 뒤, 청년은 커다란 잉어 한 마리를 맨손으로 움켜쥐고는 환하게 웃으며 올라오는 게 아닌가! 청년의 손에 잡혀서 파닥거리는 잉어의 은색 비늘이 햇살에 부딪혀 별처럼 반짝거렸다.

나의 언니와 형부가 연애하던 시절에 있었던 러브스토리다. 언니는 중학교를 갓 졸업하고 집안 사정으로 인하여 학업을 중단해야 했다. 가슴이 허했던 당시 언니에게 그렇게 한 남자가 다가왔다. 미끈거리는 잉어를 맨손으로 잡는 남자, 십팔 세 언니 눈에는 하늘에 있는 별이라도 따다 줄 수 있는 남자로 보이더란다. 그날 그 남자는 잉어를 낚아 올리듯 강변 미루나무 아래서 언니 마음을 움켰다. 그리고 우리 집에 찾아와 큰오빠와 아버지의 고성을 들으며 마당에 무릎 꿇고 온밤을 지새웠다. 그 소동 이후 언니는 이른 나이에 금강 변의 작고 파란 함석집에 사는 농부의 아내가 되었다.

금강 변에서 낳고 자란 형부는, 수온이 올라가 잉어가 산란하는 유월 하순이면 물의 속도가 느린 곳을 찾아가서 맨손으로 잉어를 잡아 올렸다. "월급봉투 한 번 받아보는 것이 소원이네요." 아이들을 키우면서 경제적으로 어려웠던 언니가 언젠가 말하는 걸 들었다. 그랬더니 "맨손으로 잉어 잡는 사람 있으면 나와 보라고 해!" 하고 형부는 엉뚱한 말로 응수하셨다.

잉어는 푹 달여 국물을 먹어야 제격이란다. 언니나 가족들은 밍밍하다고 먹지도 않을뿐더러 형부 역시 숟가락도 안 대신다. 그럼에도 부지런히 잡아다 남들에게 나눠주곤 했다. "도랑에서 잡는 피라미 새끼는 매운탕거리라도 되지, 강으로 들어가 사람 애간장 태우고 잉어만 잡을 건 뭐요?" 하고 언니가 불평을 하면 "그놈을 손에 쥐는 맛을 당신이 알아?" 하고 받아치셨다.

내가 첫아이를 낳고 모유수유를 할 때였다. 이른 장마가 한차례 퍼붓고 간 초여름 어느 날이었다. 처제 젖이 잘 돌게 하려면 잉어 달여 먹이는 게 최고라면서 강으로 가셨다고 언니가 전화를 했다. 나는 젖먹이를 데리고 강변의 언니 집 마당으로 들어섰다. 마당엔 동네 사람 서넛이 모여 둥글게 서있다. "처제, 이놈들 솥에 들어가기 전에 구경 좀 해봐….." 형부가 말씀하셨다.

고무 함지박 안에서 팔뚝만한 잉어 두 마리가 유영한다. 뾰족하면서도 선이 둥글고 부드럽게 흐르는 주둥이 옆으로 뻣뻣한 수염이 쌍으로 났다. 불룩한 배가 빵빵한 것이 장정 허벅지 버금간다. 기왓장처럼 질서정연하게 배열된 은색 비늘들은 갑옷을 입은 것 같다. 뚱그런 눈은 있지만 한치 앞에 놓인 운명을 못 보는 놈들이, 가슴팍 지느러미를 키질하듯이 설설 부치며 주둥이를 볼락볼락 한다. 대단한 재주라고 사람들이 찬사한다. 이런 날은 언니 타박은 음악소리요, 월급쟁이 공무원 손아랫 동서가 부럽지 않은 형부의 날이었다. 언니는 잉어를 양은솥에 넣고 소금을 한주먹 휘휘 뿌리고 뚜껑을 닫았다.

꿈이라면 얼마나 좋을까…. 그해 여름날은 장맛비가 유난히도 거세게 퍼부어댔다. 경운기를 몰다 사고를 당한 형부를 청주로 이송 중이라는 전화를 받고 병원으로 달려가니, 의사가 막 사망을 선고한다. 언니는 혼절해 버리고, 나는 의사를 붙잡고 어떻게 좀 해달라고 발을 구르며 애원했다. 그리고 잠시 뒤, 조용히 누워계신 형부의 눈을 감겨드리고 흙으로 범벅이 된 발을 물수건으로 닦아드렸다. 이렇게 온기가 따뜻한데, 이제 겨우 오십 중반인데, 가족 누구도 헤어질 준비가 되어있지 못했는데 영원한 이별이라니….

형부를 산에 묻던 날, 어둑어둑해지건만 언니는 산을 내려가려고 하질 않는다. "맨손으로 잉어를 잘도 잡으시더니…." 내가 중얼거렸다. 그랬더니 잉어 잡는 걸 그리 좋아했는데 늘 타박만 했다면서 언니는 오열했다. 봉분을 어루만지는 초점 잃은 언니 눈동자, 커다란 잉어를 들고 환하게 웃던 형부 모습이 선연하게 보이며 가슴을 후볐다. 그 후, 사십 구제를 마친 후, 유품을 정리하던 언니가 울며 전화를 해서 달려갔더니 보험통장 하나를 내보인다. 통장 안에는 형부가 오래전부터 언니 모르게 기르고 있던 잉어 한 마리가 들어 있었다. 소담하기가 아파트 한 채 장만할 만한 거액이다. "피라미 새끼만한 월급봉투 부럽지 않다더니…." 하면서 언니는 그날 다시 통곡했다.

강은 여전히 흐른다. 강물은 돌을 닳게 하고 바다로 흘러간다. 오늘도 강은 잉어 떼들을 살찌워 내놓고 그곳에선 물살 따라 은빛 잉어들이 뛰겠지…. 지축이 흔들리며 천재지변이 일어나 산이 무너져 내리고 또 다른 산이 생겨나도, 긴 시간이란 바람에 의하여 흩어졌다가도 언젠가는 평지가 되기도 한다. 용암이 흘러내려와 바위를 녹이고 그 자리가 옮겨져도 오랜 세월이 지나면 다시 제자리에 놓여 지기도 한다. 그러나 죽은 자는 영영 돌아오지 않으니 남은 자들은 뼈가 녹고 살이 아프도록 그리워하며 애통할 뿐이다.

아름다움의 절정 絶頂

시골집 마당에 들어서니 늙은 호박 한 덩이가 누런 몸체를 드러
내놓고 뒹굴고 있다. 아무렇지 않다는 듯 펑퍼짐한 모습이라니….
엉덩이를 땅바닥에 질펀히 깔고 사래긴 밭을 매시던 오래전에 돌
아가신 내 어머니가 생각난다. 저 호박에게도 나비 유혹이 부끄러
워, 파리하고 여린 잎사귀를 야들야들 떨면서 호박잎 뒤로 설피살
피 숨어들던 날들이 있었을 터이다. 늙어져서 부끄럼마저 데려가
버린 고독하고 조악했던 어머니의 시간들처럼, 늙은 호박 주변에
는 흔한 벌 한 마리 찾아 들지 않는다. 딴딴하고 골진 호박 껍질 위
로 초가을 햇살만이 미끄러질 뿐이다.

어찌 그런 눈으로만 보신단 말이요. 꽃을 피웠던 한때, 벌 나비가
찾아들었고 종일 햇살과 바람이 머물렀다오. 밤에는 찾아주는 달
빛이 있었기에 지난 시간이 덧없지마는 않다오. 공평한 자연의 은
혜로 치열하게 시간을 버티고 최선을 다하여 딴딴해졌다오. 껍질

에 덕지덕지 앉은 하얀 티눈으로 말할 것 같으면 장마에 흙탕물 뒤집어쓰며 앉은 시간의 업겹業裌이라오. 동정의 눈으로 짠하게만 보실 것이 아니라 인내를 겹겹이 쌓으며, 비바람과 긴긴 여름 해를 알몸으로 견딘 끈기를 생각해주시오. 맞는 말이네요. 늙은 호박님, 하지만 이 시점에서 나로선 그대를 그냥 둘 수는 없는 일이네요.

　늙은 호박을 땄다. 어딘가에서 무엇으로 거듭나는 다음 세상의 꿈이라도 꾸는걸까. 젖줄을 떠나는 아쉬움 따윈 아랑곳 않는 듯 담담하니 분리된다. 묵직한 호박을 안으니 한 아름이다. 가을이 준 선물, 늙은 호박을 차에 싣고 왔다. 이튿날 알몸으로 내 품에 안긴 늙은 호박을 도마에 올려놓았다. 풀꽃하나 피우는 일에도 거저 되지 않았을 터이거늘, 이처럼 소담하게 키워내기 까지이랴. 시간의 향기를 담고 있을 호박 속이 궁금하여 칼을 들이댄다. 껍질 어찌 단단하고 미끄러운지 매달리다시피 하면서 호박을 갈랐다.

　세상에! 들키고 싶지 않은 사랑을 보여주어야만 한다면 아마도 이런 몸짓 일거다. 세상에 처음 모습을 드러내는 호박 속살들이 부끄러운 듯 경련을 일으킨다. 누가 이 호박을 보고 감히 늙었다고 말할 수 있으랴. 홍합의 속살 같기도 한 그 빛깔, 조조條條히 그리고 촘촘히 시간을 짜서 품은 씨앗들, 선홍빛 살에 심겨진 가느다란 잔털…. 인간으로 치면 맘껏 꿈을 펼치는 중장년 쯤 되었다면 맞지 싶다.

　호박을 늙었다고 규정하는 건 사람들 생각일지도 모른다. 겹겹이 쌓인 딴딴한 겉모습은 속살을 온전히 보호하기 위한 전술이었는지도 모른다. 의연하게 시간을 버티고 살뜰히도 살을 찌우고 씨 앗을 여물게 했구나. 나는 지금부터 이 호박을 늙은 호박이라 부르 지 않을 거다. 가장 아름다운 호박의 절정絶頂이라 규정할 거다.

이 경이로움을 어찌 혼자 향유할까. 정직하게 세월을 익힌 호박 의 아름다운 절정을 어떻게 승화시킬까. 이제부터는 인간인 내가 해야 한다. 오늘 나는 절정을 맞은 호박의 또 다른 변모를 기대하 며 기적을 창출해 내야한다. 호박의 아름다운 절정을 많은 사람들 과 나누어야한다.

호박죽을 쑨다. 듬성듬성 호박을 썰어 물을 충분히 붓고, 두어 시 긴은 족히 넘게 달였나. 붉은 팥은 따로 삶고 찹쌀도 불렸다. 배토 름한 맛을 내려고 껍질을 벗겨 불린 녹두도 준비했다. 찹쌀 새알을 만들어 끓는 물에 동동 띄워 익혀 건져서 찬물에 헹구어 놓았다. 잘 달인 호박에 모든 재료를 넣고 왕소금 한 줌 솔솔 뿌리고 설탕 도 넣었다. 바닥에 가라앉아 눋지 않도록 나무주걱으로 젖고 저었 다. 호박죽을 나누는 생각만으로도 행복을 선불 받는다. 나누는 기 쁨을 상상하니 어깨 결림도, 껍질을 벗기다 생긴 손가락 사이 물집 까지도 흐뭇하다. 호박죽이 익어간다…. 타닥타닥 튀면서 풍기는 냄새가 달금하다. 누군가의 고단한 하루를, 까슬까슬 했던 마음을 크림처럼 쓰다듬으며 입안으로 부드럽게 녹아드는 호박의 변모를 상상한다.

가만히 젓는 나무주걱 뒤로 걸쭉한 죽이 결을 만든다. 결을 따라 생각도 번져나간다. 호박이 씨앗을 품듯 마음 깊은 곳에 사람하나

품고 단단히 동여맨 비밀 하나 가져보면 어떨까. 생각의 결결마다 간절함을 수놓으며 아무도 모르게 숨겨두는, 상대방조차도 모르는 일이면 더욱 좋으리라. 그렇게 그를 위한 기도방 하나 마련하고 그의 행복을 기원하는 기도가 이루어지기를 바라며 가만히 시간을 견디는 거다. 그런 사람 마음은 호박 속처럼 다홍빛이고 참 일거다. 그런 사람은 기다림의 결실을 바라며 정을 살찌우는 낭만의 꿈길을 거닐게 되리. 그런 이는 겉모습은 늙어가도 늘 아름다운 절정을 살게 되리라.

음악처럼

경쾌한 음악에 취해 보시라. 생각의 세상은 봄날이 되리니. 꽃들은 형용키 어려운 아리아리한 색깔들로 물들고 마음은 새처럼 창공을 나는 경험을 하게 되리라. 고요히 흐르는 음악에 몰입해 보면, 들끓던 마음이 가라앉으며 자신도 모르게 평온하게 된다. 음악은 사람의 감정을 다스린다.

동창모임에 참석하여 저녁식사를 하던 중이었다. 술이 거나해지자 남자동창 두 명의 목소리가 높아지더니 싸움판으로 갈 분위기였다. 그때 누군가가 식당 주인에게 부탁하여 부르스 음악 노래방기기를 돌렸다. 그러자 둘이는 얼싸안더니 눈까지 지그시 감고 춤을 추는 진풍경을 연출하는 거다.

겨우 칠 개월 된 아기가 음악을 듣는 것을 보았다. 다른 음악소리에는 반응하지 않다가도 특정 음악이 들리면 리듬에 맞추어 몸을 흔든다. 칭얼거리다가도 아기가 좋아하는 그 음악을 들려주면 눈물을 뚝뚝 흘리면서도 음악에 맞추어 리듬을 타니 얼마나 신기한가. 제 어미젖을 물고 살포시 잠들다가 그 음악이 들리면 몸을 흔들며 반응한다. 음악은, 아기를 흔든다.

딸이 근무하는 학교에 원어민 교사가 있는데 한국생활에 적응하는 동안 딸이 도우미를 한 적이 있다. 크리스천인 그가 예배에 참석하길 원해서 우리 교회에 한동안 데리고 다녔다. 그는 첫 발령을 받고 한국에 막 온 지라 우리말을 전혀 몰라 딸의 통역이 없이는 말이 통하지 않았었다.

그런데, 설교 시간에는 우두커니 앉아있던 그가 찬송을 부르는 태도는 달라지는 게 아닌가. 두 손을 높이 들고 눈물을 흘리며 간절히 부르는 거다. 대부분의 찬송가가 서양 곡들을 번안한 것이 많아 멜로디가 익숙해서일 게다. 신과 인간, 사람과 사람, 인간과 자연 간에도 일정한 음악이 존재한다. 인종은 달라도 말은 안 통해도 음악으로 하나가 되니 음악은 소통이고 어울림이다.

> "나는 때때로 거문고 줄을 만지며 곡조를 탔다. 높은 소리 낮은 소리 그 사이에서 자연스럽게 산수山水와 서로 들어맞는 것을 느낄 수 있다."

18세기 북학 주창자인 홍대용이 중국인 친구 '소음'이란 사람에게 보낸 편지 내용 중에 있는 한 부분이다. 그는 이어서 말하기를, 신경성으로 몸이 허약한 자신이 집안에서만 거처하며 지낼 때에 거문고를 연주하면, 병을 잊어버리고 소원도 풀게 되고 마음이 평화롭고 우울증도 없어지더라고 기록하고 있다.

현대에는 음악으로도 병을 치료한다고 하지만, 선조들은 오래전에 이미 이 방법을 써왔음을 알 수 있는 대목이다. 조선시대 사대부들은 마음을 닦기 위해 악기를 직접 연주하기도 하며 집안에 전문 음악인을 두고 가족과 함께 여흥을 즐기기도 했다. 임금이 음악 발전을 친히 독려하는 문헌(승정원일기)들이 남아있을 정도로 예로부터 우리 민족은 음악과 불가분不可分 관계였다.

구름이 낮게 드리우더니 색시비가 솔솔 뿌린다. 내 마음에도 비가 내린다. 피아노 앞에 앉아 패트릭주베의 "슬픈 로라"(La Tristesse De laura)를 연주한다. 처연히 흐르는 전주부터 슬픔이 몸속을 채운다. 음악이 이렇게 슬플 수도 있다니…. 손끝을 지나다니는 선율들마다 애간장이 녹는 듯하고 악절들마다 애절함이 절절히 배어 나온다. 나도 모르게 작곡가의 의도대로 음악 속으로 이끌려 들어갔다. 우울한 마음을 선율에 얹으니 음악이 마음을 어루만진다. 급기야 그리움들을 불러내 감정을 지배하고 혼을 적시더니 추억도 불러낸다. 아름다웠던 젊은 날의 몸짓들이 선율을 타고 비처럼 흐른다.

이 감정들은 무엇일까. 이 북받치는 간절함은 정녕 무언가. 왜 이리 가슴이 뛰는 건가. 음악이 나를 어떻게 한 건가. 달콤하고도 쌉쌀함을 음악을 통하여 느낀다. 여울물이 돌에 부딪히고 가는 바람이 솔잎 사이에 가만히 들고나는 것을 음악을 통하여 본다. 선율이 원을 그리며 흩어지는가 하면 다시 모아지고, 마음은 부드러운 곡선을 그리며 순수로 음악에게 빠져간다.

음악, 그 근원은 어디일까. 아기를 흔들고, 위로를 주며 격동하는 마음을 모아 분을 다스려 평정시키고 병을 치유하기도 하는, 수많은 소리들은 어디로부터 오는가. 어디로부터 와선 음악이 되어 이토록 사람들을 주장하는가. 바다 깊은 곳에서일까. 구름을 지나 설산을 넘어 우주를 지나 영원으로 이어지는 곳으로부터 일까. 소리를 모아 규칙을 만들고 선율이 되는 음악이 신비롭다.

음악이 흐르면 저절로 감정이 출렁거린다. 조용히 음악에 몸을 맡겨보시라. 자신도 모르게 춤이 되리니. 음악에 마음을 얹어보시라. 어느새 천상을 날게 되리니. 세상이 온통 음악이면 좋겠다. 음악처럼 모두 소통하면 좋겠다. 음악처럼 사람들의 삶이 부드럽고 경쾌하고 찬란하면 좋겠다.

귀를 열고 마음의 눈을 떠 보시라. 잘 익은 술 항아리 앞에, 한 사람이 방랑하는 기색으로 쓸쓸히 앉아 금琴을 타는 소리가 들리지 않는가. 금琴의 소리가 맑디맑게 하늘로 울려 퍼지는 형상이 보이지 않는가?

군불

찻집에 들어섰다. 자리를 잡고 앉으니 안온한 온기, 천천히 흐르는 오래된 음악이 언 몸을 데운다. 눈이 내린다. 눈은 바람 한 점 기웃거릴 틈도 없이 내린다. 벽에 걸린 사진으로 시선이 갔다. 커다란 가마솥 아궁이에 장작불이 훨훨 탄다. 추억의 장작불 사진 한 점이 그리움을 부른다. 스러지는 장작불을 아궁이에서 돋우시던 아버지 모습이 사진 위로 투영된다. 커피 향처럼 번지는 진한 그리움 따라 기억 저편으로 들어갔다.

와그르르….' '워리~쫒쫒쫒….' '딸랑딸랑~~' 익숙한 소리들이 흔들흔들 도는 LP판 속으로 끼어든다. 아버지는 처마 밑에 쌓아두신 마른 장작개비를 한 아름 안아다 와그르르…. 아궁에 앞에 쏟곤 하셨다. 그리고 불을 지피시기 전에 '워리~쫒쫒쫒….' 하고 온기를 찾아 아궁이 깊숙이 들어간 강아지를 불러내시면 부름에 화답하는 듯 '딸랑딸랑~~' 하고 방울소리를 내며 나오곤 했다. 어떤 날은 고

무래에 끌려 나오기도 했는데, 그런 날은 워리 하얀 털이 잿빛으로 염색을 하고 기어 나왔다.

탁, 탁, 성냥개비를 성냥골에 긋는 소리, 생명을 지피는 소리다. 나에게 생명을 주시고 나를 이 세상에 있게 한 아버지가 아침저녁으로 구들장을 달구어 생명 같은 온기를 불어 넣으시곤 했다. 매캐한 냇내가 방 안 가득 번지며 온기가 돌면 나는 달콤한 새벽잠에 다시 빠져들곤 했다. 성근 벽돌 사이로 스며든 칼바람에 문고리가 쩍쩍 들러붙는 날, 가장으로서 하시는 첫 번째 몫의 일이 군불을 때는 일이었다.

아버지 곁에 앉아 훨훨 타는 장작불을 바라본 적이 있었다. 쌓은 장작더미를 일시에 무너뜨리는 푸른 불꽃의 파괴력은, 알 수 없는 생명력을 용솟음치게 했다. 가마솥을 삼킬 듯 아궁이 가득한 불꽃은 무수한 상상력을 유발시켰다. 불사조처럼 훨훨 나는 가벼운 몸놀림, 거침없는 자유로운 몸짓, 붉은 탁류에 휩쓸리는 역동적인 생명체는 가슴을 뛰게 했다. 불같이 뜨거운 심장으로 무언가에 도전하여 심취해보고 싶었고, 온몸을 장작처럼 태우는 불꽃같은 사랑에 빠져보고도 싶었다. 가난이라는 현실을 산산이 부수고 불나방처럼 날아올라 풍요에 도달하는 꿈을 꾸기도 했다.

아버지는 아침저녁으로 군불을 때셨다. 그러나 구들장 온기는 너무 짧았다. 그을린 아궁이처럼 속만 탈뿐 열기가 긴긴 겨울밤을 버티기엔 턱없이 모자랐다. 아버지는 겨우내 온 산을 헤매고 다니시며 모자라는 생명 조각들을 찾아 갈퀴질을 하셨다. 야박한 겨울

해가 뒷산에 걸릴 때쯤 아버지 마중을 갈 때면, 닭장 철망 사이로 스며든 손톱만한 태양빛을 등에 업고 닭들이 미동도 않고 있었다. 나는 조는 닭들이 깰까봐 살그머니 사립문을 열고 나갔다. 웅덩이에 듬성듬성한 살얼음을 꼭꼭 밟으며 놀다 저만치 아버지 나뭇짐이 보이면 달려와 사립문을 활짝 열어놓곤 했다.

담 모퉁이를 스치는 짧은 겨울 해를 놓칠라 햇살 한줌 이마에 올려놓고, 담소하는 동네 아낙네들 앞으로 아버지 나뭇짐이 천천히 반원을 그리며 돌았다. 집채만 한 아버지 나뭇짐을 아낙네들이 칭송할라치면 잿빛 연무를 뚫고 나왔던 목 짧은 해가 나뭇짐 너머로 반짝거렸다. 산에서 눈을 헤집고 모은 낙엽들과 솔가지로 얼기설기 엮었던 아버지 나뭇짐 풍경과 정겨운 소리들이 찻잔 위로 그렁하니 여울진다.

삶은 부조리한 것이어서 사막에 꽃을 피우는 마법 같은 일은 일어나지 않는다. 산다는 건 오지 않는 버스를 기다리는 것처럼 지루하고 마음먹은 대로 되지 않았다. 삶은 허상이 아니다. 현실이라는 딱딱한 뼈에 붙은 물렁물렁한 살집 같이 만져지지만 결코 부드럽지만은 않다. 그런데 그것이 휘청거리게 하며 멍들게 하고 아프게도 했다. 세상을 향하여 소리치고 싶으면 아버지를 떠올린다. 산다는 건, 자기 안의 우물을 들여다보면서 서로에게 따뜻한 온기를 넣어주는 군불 때는 일 같은 것, 아파하면 보듬어주며 말없이 불을 지펴주는 일, 굳게 닫힌 성 같은 표정의 아버지처럼 불꽃을 묵묵히 바라보시며 장작을 고이는 것이 결국 살아가는 일이라는 걸 깨닫는다.

간절한 몸짓

'북쪽 바다에 '곤' 이라는 작은 물고기가 살고 있는데, 변화하여 새가 되더니 그 이름은 붕새라. 변화한 붕새의 날갯짓이 하늘을 덮고, 등허리는 몇 천리인지 가히 모르겠더라…'

장자 '내편'에 나오는 변화에 대한 비유 한 토막이다. 가만히 귀를 기울여본다. 지축을 흔드는 바람소리가 들린다. 하늘을 본다. 창공을 가르고 나는 커다란 물체가 보인다. 아, 장대한 날갯짓을 하며 비상하는 붕새다. 작은 물고기 곤이가 변하여 붕새가 된다는, 상상을 초월하는 어마어마한 스케일의 변화론, 상상하는 것만으로도 가슴이 뻥 뚫리며 시원하다. 물고기가 새가 되다니, 도무지 무슨 말을 하는 겐가. 생물학적으로는 얼토당토아니한 일이 아닌가. 그런데 장자는 이런 픽션을 통해 무슨 교훈을 주고자 한걸까. 그것은, 안일함에 젖은 이들에게 정서적 충격을 가해 파장을 일으켜 새로운 것을 향해 도전하라는 의미라고 학자들은 해석한다.

사람들은 변화를 싫어한다. 나 역시도 그러하다. 변화란 자신의 우주가 뒤집히는 사건이다. 고착된 사고를 변화시키는 일은 결코 쉬운 일이 아니다. 하여 자신만의 세계에 울타리를 치고 이 범위를 벗어나면 긴장하여 방어태세로 들어간다. 작은 물고기 곤이 결연히 분기하여 공기층을 뚫고 올라가는 일 따위는 우화일 뿐 자신과 상관이 없다고 도리질 한다. 여기가 좋사오니, 아무 문제 없사오니 나를 두고 가시라며 평안하다 평안하다 한다.

반나체의 금발의 미녀 마릴린먼로가 책을 읽고 있었다. 그녀는 연기가 아닌 실제로 이런 상황에 자주 있었다고 한다. 그녀는 틈나는 대로 책을 읽곤 했단다. 그런데 이상한 점이 있었다. 책을 읽는 그녀의 표정이 책에 집중하기보다는 오케이! 컷! 을 외치는 감독과, 카메라를 끌고 다니는 소리들, 그리고 복작거리는 제작진들 발자국 소리를 늘 의식하는 눈치더란다. 한번은 가까이에 있던 카메라 기자가 평소의 그녀 모습을 찍은 사진을 공개해서 화제가 됐었단다. 비운의 그녀가 노출이 심한 야한 사진이 아닌, 책을 읽는 사진에 사람들은 의아해 했단다.

할리우드 문화상업 자본가들에게 큰 부를 안겨주었고 세계 최고의 섹시 아이콘 그녀이지만 독서를 할 수도 있잖은가. 사람들이 당혹스러워 한 것은 그녀가 들고 있는 책이 아일랜드 작가 '제임스 조이스'의 '율리시즈' 라는 것에 의아해 했다는 거다. 그 책이 지금은 명실공히 현대 모더니즘 문학의 고전으로 자리했지만, 당시엔 난해하기로 둘째가라면 서러워 할 책이었다. 해석이 지나치게 어려워 고급문화를 향유하는 지성인들이나 문학사가들 마저 고개를 흔들면서 돌려놓았던 작품이었다.

선정적인 영화의 사지이나 장면을 클릭하면 아직도 어렵지 않게 그녀를 볼 수 있다. 할리우드 문화사업의 상징이요, 백치미의 대명사인 그녀가 정말 그 책을 읽었을까? 더구나 교양인들이 포기한 그 책을? 아니면 그냥 읽는 척만 했을까? 사람들은 각자의 소견대로 말들을 했다. 양아버지로부터 성폭행, 불우한 어린 시절, 누드모델, 온갖 스캔들에 시달리다 결국 수면제 과다로 그녀는 안타깝게 생을 마쳤다. 공부는 해볼 기회조차 없었던 그녀이었으니 화제를 끌만도 했겠다. 사람들 짐작처럼 어쩌면 그녀는 그 책을 제대로 소화하지 못했을 수도 있겠다.

책을 들고만 있었을지도 모를 그녀를 생각해 본다. 그녀의 제스처들은 적어도 지금 자신의 위치에서 변화하고 싶다는 탄원 같은 것, 몸부림 같은 것이었을지도 모른다. 책을 펼쳐들므로 인하여 스스로에게 어떤 사람이고 싶다는 염원을 가졌을 거라 미루어 짐작해 본다. 공공연하게 공개된 자리에서 책에 몰두하는 자신을 대중에게 보여주면서, 사람들이 자신을 단순히 상품적인 사람이 아닌, 지성인 대열로 표상해 주길 바라는 간절함의 몸짓이었을 거라고 해석하면 지나친 비약일까?

나도 현실을 박차고 비상하고 싶은 간절했던 날들이 있었다. 그런데 날기 위해 나는 어떤 노력을 했던가. 새롭고 의미 있는 일이 일어나려면 나를 제약하고 있는 한계를 활짝 열어놓아야 하는 것을. 나를 똑같은 나로 머물러 있게 하는 것들, 나를 정해져 있는 자리로 되돌아오게 하는 것들에 익숙해져 있는 나를 깨워야 하는 것을. 내 영혼 일부분이 어디쯤 가고 있는지, 내 영혼의 향방은 어디를 향하여 있는지, 고민하고 사색해야 하거늘.

하늘을 본다. 비상하고자 날갯짓하는 봉새를 꿈꾸며….

가을에 보낸 사랑

목마와 숙녀를 읊조리며 눈물 글썽이고, '별이 빛나던 밤에' 라디오 프로를 밤늦도록 애청하던 스무 살 가을이었다. 바다가 태양을 삼키듯이, 낙조처럼 찬란하게…. 그윽하게…. 그는 나를 찾아와 마음 깊숙한 곳에 잘 박힌 별로 자리를 잡았다.

같이 근무하던 직장동료 중에 세 살 위인 사람이 있었다. 어느 날 그녀에게 낯모르는 군인으로부터 분홍색 꽃봉투가 날아왔다. 그녀는 글 쓰는 취미가 없다면서, 글 쓰는 걸 좋아하니 대신 답장해 주라며 편지를 내게 건네주었다. 내게 온 편지는 아니지만, 정갈한 필체로 쓴 그 편지를 나는 거의 외울 정도로 읽고 또 읽었다. 그는 서울에 있는 K대학을 졸업한 후 늦깎이로 입대를 했다고 했고, 제대를 일 년 앞둔 육군 병장이라고 자신을 소개하고 있었다. 미지의 사람이지만 편지로 마음을 나누고 싶다면서 간절히 답장을 기다리겠다는 내용이었다.

어디서 그런 용기가 났을까. 그날 밤늦도록 고민하다가 얼굴도 모르는 그에게 정성껏 편지를 썼다. 그쪽에서 보낸 편지의 수신자인 P선생과 함께 유치원에 근무하고 있으며, 그녀가 펜팔 할 의사가 없다면서 제게 편지를 주었다, 하여 용기를 내어 편지를 쓰게 됐노라, 그러니 실례되지 않았다면 답장을 기다리겠노라고 썼다.

답장이 오지 않으면 어쩌나, 여자가 먼저 편지를 보내서 가벼운 사람이라고 생각하면 어쩌나…. 편지를 우체통에 넣기까지 망설였다. '혹시 나쁜 사람은 아닐까?' 하고 염려가 되기도 했다. 하지만 갈피를 잡지 못하는 감정이 시냇물이라면, 미지의 사람과 펜팔 교제를 하고 싶다는 호기심은 밀려오는 바닷물이었다. 큰 물결이 작은 물결을 삼켜버리듯 그렇게 염려의 감정들을 덮어버렸다.

몇 날을 집배원 아저씨를 기다리며 서성거렸다. 그리도 며칠이 지났다. "선생님 편지 왔어요!" 우체국 집배원이 주는 편지를 운동장에서 놀던 꼬마들이 받아 가지고 왔을 땐 심장이 터지는 것 같았다. 공연히 아이들에게 부끄러워 구석으로 가서 편지를 뜯었다. 받는 사람 란에 내 이름 석 자가 또렷한 첫 편지를 단숨에 읽고 또 읽고 수십 번 읽었다. 첫 편지 내용은, 본인의 편지를 없애거나 반송시키지 않고 답장해준 것이 무척 고맙다고 했다. 유려한 문체와 약간 흘림정자로 쓴 또박또박한 필체가 얼굴은 모르지만 고결한 그의 인품처럼 느껴졌다.

부서지는 초가을 햇살만큼이나 눈부신 꿈 한 자락이 꽃봉투 따라 들어와 나비처럼 살포시 가슴에 앉았다. 그 뒤 우리는 일주일에 두세 번 정도 편지를 주고받으며 서로를 탐색했다. 일 년 가까이 둘만의 이야기를 나누며 정이 들어갔다. 별을 동경하여 무지개를 잡으려고 뛰어다니던 순수한 꿈들을 그를 통하여 채워갔다. 연애 경험이 없던 나는 상대방을 상상하는 것만으로도 설레면서 추억을 만들어갔다. 누군가와 소통하는 것이 큰 행복이라는 것을 처음으로 알게 됐다. 편지 교환을 하다 보니 한 번도 만난 적은 없지만 늘 보는 것처럼 가깝게 느껴지며, 어디선가 우연히 마주쳐도 알아볼 수 있을 것 같은 친밀감이 들었다.

그는 나에게 선생이기도 했다. 여러 책들을 소개하면서 꼭 읽어보라고 권했다. 그중 '황야의 늑대', '킬리만자로의 표범', '적극적 사고방식' 등의 책들은 구입해서 읽은 후, 보내 달라 해서 정성스레 포장해서 발송해 주었다. 편지가 거듭될수록 나의 지적 능력은 그와 차이가 나는 것을 느꼈지만 나무 아래에서 찍어 보낸 훤칠하고 멋진 사진을 본 뒤, 그를 잃고 싶지 않은 욕심이 생겼다.

남자들만의 군대생활 이야기도 흥미로웠고, 제한된 공간이라 맘껏 표현은 못하지만 정치적으로 불운한 시대를 살고 있는 젊은 지식인들이 어떻게 고뇌해야 하는지에 대한 관심도 갖게 되었다. 그가 말하는 휴머니즘이니 니힐리즘이니 하는 철학적 단어들에 대하여도 어렴풋이나마 이해하려고 애썼다. 그의 편지를 기다리는 것만으로도 행복했고, 나의 하루하루는 날마다 기쁨으로 충만했다.

그런데 걸리는 것이 있었다. 그는 대학을 졸업하고 군대에 간지라 나이가 스물일곱 살이었는데, 내 나이가 스무 살이라 하면 어리다고 답장이 안 올까봐 스물네 살이라고 거짓말을 한 거다. 또한 작은 내 키를 실제보다 십 센티나 크게 과장해서 말했었다. 수많은 시인들의 시어들을 슬쩍슬쩍 인용하여 내 것인 냥 글을 만든 뒤 우체통에 집어넣는 일이 허다했으니, 나는 거짓 투성이였다.

천지를 붉게 태우던 단풍이 낙엽으로 변하여 땅에 구르며 온몸으로 마지막 절규를 하던 그해 가을이었다. 드디어 그는 전역하여 사회인이 된다면서 나를 만나러 오겠노라고 했다. 순간, 그와 이별할 때가 다가옴을 직감할 수 있었다. 가슴에서 별 하나가 떨어져 나가는 고통을 느꼈다. 나는 그에 비하여 모든 면으로 자신이 없었다. 키도 나이도 학력도 부풀린 과장이었다. 좋은 추억을 만들고 싶다는 단순한 생각으로 시작했는데 현실은 엄청난 문제로 다가오고 있었다. 이런 날이 오리라 예상을 못 한건 아니지만 군대에 있을 동안만 그에게 활력을 주자고 가볍게 생각했었다. 펜팔을 하다가 전역할 즈음엔 결별의 편지를 보낼 의향이었는데 점점 정이 들면서 끊지 못하고 심각한 상황을 맞게 된 것이다.

밤새 고민하다가 이런저런 어설픈 핑계를 대면서 이별을 고하는 편지를 보냈다. 그는 크게 반발했다. 이해할 수 없다, 받아드릴 수 없다면서 어찌 사람 인연을 이렇게 마무리 할 수가 있느냐면서 막무가내로 찾아오겠다고 했다. 제발 오지 말라고, 와도 절대로 만날 수 없을 거라고 간절히 전했음에도 그는 왔다. 어느 가을날이었다. 유치원으로 전화가 왔다면서 원장님이 내용을 전해 주셨는데, 고향 역 광장에 있는 다방 '돌체'에서 무작정 기다리겠노라는 전갈이었다.

나는 너무 당황스러웠다. 만난 뒤에 나에 대한 환상이 깨질까봐, 그간 속은 것에 실망할까봐 두려워 종일 고민했다. 도저히 그를 대면할 용기가 나지 않았다. 작은 키를 어찌 늘인단 말인가. 대화하다 보면 아는 것 없는 내가 들통 나는 것 또한 시간문제다. 거울을 보니 차림새도 마음에 들지 않는다. 옷이야 급히 사 입는다고 쳐도 달라질 건 없었다. 나는 끝내 그 다방에 나가지 못했다. 이튿날, 훤칠한 청년이 밤늦게까지 앉아있다 나갔다는 것만 다방에 들러 확인했다. 낯선 곳에 왔다 야간열차를 타고 쓸쓸히 가야했던 그의 심정을 헤아릴 수 있다고 말하지는 않겠다. 그러나 사죄하는 마음만큼은 지금도 가지고 있다.

'그대, 어디선가 이 글을 혹시라도 읽는다면 용서를 구합니다. 마음이 얼마나 아프셨습니까. 분노와 실망이 얼마나 크셨습니까. 부질없는 말이지만, 그날 그 다방에 나가지 못한 제 심장도 까맣게 재가 되어 녹아내렸답니다.'

나는 당시 몸이 축 갈 정도로 앓아누웠었다. 그를 보내고 나서야 내 마음이 진심이었다는 것을 알 수 있었다. 그래서 나는 지금도 그를 첫사랑이라고 부른다. 첫사랑을 보내버린 슬픔은 혹독했다. 주옥같은 편지들을 오랫동안 버리지 못하고 간직했었다. 철없고 어리석었던 판단으로 인하여 한 번도 만나보지 못한 채 보내버린 첫사랑에 대한 미련과 미안함과 아픔이 뭉근히 오래오래 지속됐었다.

지금은 이름 석 자만 기억날 뿐, 흑백사진으로 보내왔던 그의 얼굴 형체도 희미하다. 그해 초가을, 코스모스 꽃길 따라 와서 내 가슴에 머물렀던 첫사랑은 그렇게 영원히 가버렸다. 하지만 영롱한 글씨체와 의미를 담았던 글귀 몇 구절은 아직도 기억이 생생하다. 라면박스로 반송되어 온, 일 년 여간 내가 보낸 편지들을 집 뒤꼍에서 태우며 눈물 콧물 흘리던 일, 집배원을 기다리며 하루하루 꿈같이 행복했던 시간들, 가을이 수없이 지나가도 아픈 추억으로 남아 반짝거린다.

마두금馬頭琴 소리

　　TV채널을 돌리다 파란하늘을 배경으로 드넓은 몽골 광야에 한 남자가 서서 마두금馬頭琴을 켜고 있는 장면을 보고 고정시켰다. 관중은 결 고운 진갈색 털의 말 한 마리, 그리고 말 주인, 단 둘이다. 조용히 서있는 말, 그 옆에서 약간 고개를 숙인 채 다소곳이 서 있는 말 주인, 악사, 한 폭의 그림이다. 그런데 말 주인의 표정이 간절히 기도하는 것 같기도 하고 경건한 의식을 행하는 것 같기도 하다. 그러나 다른 관중 말은 왕방울만 한 눈만 끔벅일 뿐 별다른 표정이 없다.

　　말은 난산의 고통을 겪은 어미 말이란다. 그 과정에서 극심한 스트레스를 받은 어미 말이 새끼에게 젖을 물리지 않아 새끼가 위험에 처하게 됐단다. 이럴 때 몽골 사람들은 마두금 연주자를 불러 음악을 들려주면서 심사를 달래준다. 그러면 음악을 들은 말이 눈물을 흘리며 맘껏 운 뒤에 유순해져서 새끼를 잘 돌본다는 거다.

200

말이 음악을 듣고 감정의 변화를 일으켜 울다니, 동물이 음악을 듣고 생각을 돌이킨다니….

어릴 적에 우리 집 어미 소가 새끼를 낳았을 때 상황이 떠올랐다. 당시 어미 소 역시 극한 스트레스를 받아 새끼를 다가오지 못하게 발길질을 해댔다. "그럼 쓰냐? 제 새끼 인디 돌봐야지!" 아버지께서 온갖 말씀을 하시며 쓰다듬고 얼러도 듣지 않았다. 급기야 아버지는 큰 오라버니와 함께 외양간에 네 다리를 묶어놓고는 강제로 수유했다. 그랬더니 결국 받아들여 포유哺乳하는 건 봤지만, 음악을 들려주는 건 생소한 일이라 TV에서 시선을 뗄 수가 없다.

마누금馬頭琴이 운다. 끊어질 듯 이어질 듯 흐르는 처연한 저 소리…. 바람을 동반한 동물의 울음소리인가 했더니 이내 구슬프고 처량한 선율로 바뀌곤 한다. 여러 현악기를 모아 연주하는 것 같기도 하고, 우리 전통 악기인 해금 소리 같기도 하고, 사람 음성과 흡사하다는 첼로 소리 같기도 하다. 참으로 서정적이면서도 묘한 울림을 준다.

연주는 무르익어 가는데…. 말은 아직이다. 어느 정도의 시간이 흘렀건만 말은 미동도 않는다. 말이 감동하려면 얼마큼의 시간이 지나야 할까. 저 연주자는 헛수고만 하는 건 아닐까. 그런데 이게 웬일, 흐느끼는 선율에 사람이 먼저 매료되고 말았다. 애잔한 음악에 내가 먼저 빠져들고 만 것이다. 이 감정은 무얼까. 알 수 없는 슬픔 같은 것이 내 안에서 일렁인다. 영혼을 울리는 소리가 나를 슬픔으로 몰아넣는다. 눈을 감았다. 보인다. 말을 타고 벌판을 달리는 유목민들이…. 들린다. 초원을 훑고 가는 바람처럼, 대지를 몰아붙이는 말발굽 소리가….

눈을 떴다. 말은 여전히 무표정이다. 그때, 말 주인이 말에게 다가간다. 그러더니 두 손으로 말머리부터 시작해서 젖무덤까지 천천히 쓰다듬기 시작한다. 움직이는 손끝으로 정이 넘쳐흐른다. 소중한 이를 애무하듯 부드럽게 부드럽게…. 그 손끝을 따라 음악도 함께 흐른다. '애썼다, 이젠 괜찮다, 고맙다, 사랑한다.' 들리진 않았지만 그렇게 말과 깊은 교감을 나누고 있다는 걸 알 수 있다. 살아있는 예술이요, 더할 나위 없이 경건한 신전 의식이다.

그때다, 흔들리는 말의 표정이 카메라에 잡혔다. 말의 얼굴 근육이 조금씩 움직이더니 커다란 눈을 두어 번 끔벅였다. 그러더니 이내 두 눈에서 눈물이 주르르 흐르는 게 아닌가! 말이 운다…. 조용하게…. 처절하고 깊게 토해내는 진한 울음이다. 말은 얼마간 그 상태로 눈물을 주룩주룩 흘렸다. 마두금도 울고, 악사도 울고 말 주인도 운다. 그리고 나도 흐르는 눈물을 주체할 수가 없다. 잠시 뒤, 깊은 카타르시스에서 깨어난 말은 긴 목을 좌우로 몇 차례 흔들면서 앙금을 토해내듯 큰소리를 수차례 발한다. 그러더니 몸을 공중으로 높이 날리며 제자리 뛰기를 몇 번 한다.

며칠 뒤, 몰라볼 정도로 통통하게 살이 오른 새끼와 어미가 초원을 걷고 있다. 음악과 기도, 마음을 다한 정성스러운 손길이 이루어낸 쾌거다. 동물을 대함에 있어서 소중한 사람에게 하듯 하여 문제를 해결하는구나. 정성을 다하면 동물도 돌이키는 것을, 하물며 사람이랴. 마두금소리 같이 깊은 감동을 주는 언어, 영혼을 어루만지는 기도, 말없이 쓰다듬는 손길이라면 기적을 볼 수 있으련만. 벼랑 끝에 선 사람도 잠재울 수 있으련만. 나는 사람을 대할 때 정성을 다했는가. 건조한 말만 무성했던 건 아닐까. 많은 생각을 하게 된다.

꿈꾸는 강변

초판 1쇄 · 2020년 3월 31일

지은이 · 임미옥
제 작 · ㈜봄봄미디어
펴낸곳 · 봄봄스토리
등 록 · 2015년 9월 17일(No. 2015-000297호)
전 화 · 070-7740-2001
이메일 · bombomstory@daum.net

ISBN 979-11-89090-33-3(03810)
값 15,000원